共和国故事

大胆尝试

上海证券交易所开始营业

王治国 编写

吉林出版集团股份有限公司

图书在版编目（CIP）数据

大胆尝试：上海证券交易所开始营业/王治国编. —

长春：吉林出版集团股份有限公司，2009.12

（共和国故事）

ISBN 978-7-5463-1802-8

Ⅰ．①大… Ⅱ．①王… Ⅲ．①纪实文学 – 中国 – 当代 Ⅳ．①I25

中国版本图书馆 CIP 数据核字（2009）第 236768 号

大胆尝试——上海证券交易所开始营业

DADAN CHANGSHI　　SHANGHAI ZHENGQUAN JIAOYISUO KAISHI YINGYE

编写　王治国

责任编辑　祖航　李婷婷

出版发行　吉林出版集团股份有限公司

印刷　三河市嵩川印刷有限公司

版次　2010 年 1 月第 1 版　　2022 年 1 月第 9 次印刷

开本　710mm×1000mm　1/16　　印张　8　字数　69 千

书号　ISBN 978-7-5463-1802-8　　定价　29.80 元

社址　吉林省长春市福祉大路 5788 号

电话　0431 – 81629968

电子邮箱　tuzi8818@126.com

版权所有　翻印必究

如有印装质量问题，请寄本社退换

前　言

自 1949 年 10 月 1 日中华人民共和国成立至今,新中国已走过了 60 年的风雨历程。历史是一面镜子,我们可以从多视角、多侧面对其进行解读。然而有一点是可以肯定的,那就是,半个多世纪以来,在中国共产党的领导下,中国的政治、经济、军事、外交、文化、教育、科技、社会、民生等领域,都发生了深刻的变化,中国人民站起来了,中华民族已屹立于世界民族之林。

60 年是短暂的,但这 60 年带给中国的却是极不平凡的。60 年的神州大地经历了沧桑巨变。从开国大典到 60 年国庆盛典,从经济战线上的三大战役到经济总量居世界第三位,从对农业、手工业、资本主义工商业的三大改造到社会主义市场经济体制的基本确立,从宜将剩勇追穷寇到建立了强大的国防军,从废除一切不平等条约到独立自主的和平外交政策,从"双百"方针到体制改革后的文化事业欣欣向荣,从扫除文盲到实施科教兴国战略建设新型国家,从翻身解放到实现小康社会,凡此种种,中国人民在每个领域无不留下发展的足迹,写就不朽的诗篇。

60 年的时间在历史的长河中可谓沧海一粟。其间究竟发生了些什么,怎样发生的,过程怎样,结果如何,却非人人都清楚知道的。对此,亲身经历者或可鲜活如昨,但对后来者来说却可能只是一个概念，对某段历史的记忆影像或不存在，或是模糊的。基于此，为了让年轻人，特别是青少年永远铭记共和国这段不朽的历史，我们推出了这套《共和国故事》。

《共和国故事》虽为故事，但却与戏说无关，我们不过是想借助通俗、富于感染力的文字记录这段历史。在丛书的谋篇布局上，我们尽量选取各个时代具有代表性或深具普遍意义的若干事件加以叙述，使其能反映共和国发展的全景和脉络。为了使题目的设置不至于因大而空，我们着眼于每一重大历史事件的缘起、过程、结局、时间、地点、人物等，抓住点滴和些许小事，力求通透。

历史是复杂的，事态的发展因素也是多方面的。由于叙述者的视角、文化构成不同，对事件的认知或有不足，但这不会影响我们对整个历史事件的判断和思考，至于它能否清晰地表达出我们编辑这套书的本意，那只能交给读者去评判了。

这套丛书可谓是一部书写红色记忆的读物，它对于了解共和国的历史、中国共产党的英明领导和中国人民的伟大实践都是不可或缺的。同时，这套丛书又是一套普及性读物，既针对重点阅读人群，也适宜在全民中推广。相信它必将在我国开展的全民阅读活动中发挥大的作用，成为装备中小学图书馆、农家书屋、社区书屋、机关及企事业单位职工图书室、连队图书室等的重点选择对象。

编　者

2010 年 1 月

目 录

四、走向世界

一、 开业筹备

● 北京证券交易所研究设计联合办公室的宫著铭向朱镕基写信说："要想开发浦东，就要借全国的钱。"

● 国务院于 1990 年 6 月 2 日正式批复："考虑到上海市目前已有一定的证券交易量，以及开发浦东之后交易量增加的趋势，同意建立上海证券交易所。"

● 在一次筹备小组的碰头会上，说着说着，尉文渊突然流泪了。

筹建上海证券交易所

1990 年初，为了向世界表明中国改革开放不会走回头路的决心，中国政府宣布将建立上海证券交易所。

其实，北京早在 1989 年 1 月 15 日就成立了北京证券交易所研究设计联合办公室。不过，1989 年 6 月后，在北京建立股票交易所的工作被搁置了。

1989 年 12 月，北京证券交易所研究设计联合办公室第一任理事长经叔平到上海与中国证监会研究中心原主任、时任上海市市长的朱镕基商定，要在上海建立证券交易所。

此时，朱镕基正在筹划开发浦东的事，预算总规模要达几千亿人民币。而且，上海市大部分财政收入要上交，没有这么多钱来建证券交易所。

1989 年，北京证券交易所研究设计联合办公室的成员里，只有王波明和章知方是专职的。

有一阵，北京证券交易所研究设计联合办公室闲得简直令王波明腿软。没事情了，其他人也不常来，就他和章知方整天待在办公室里，两两相望，心头是说不尽的落寞。

困难之时，时任中国农村信托投资公司总经理、党委书记的王岐山鼓励大家，还是要坚持下去，先把组织问题解决好。

北京证券交易所研究设计联合办公室当时其实是民办的性质，后来，中国证监会研究中心原主任李青原找人帮忙，好不容易才把北京证券交易所研究设计联合办公室挂靠到体改委名下，把组织问题给解决了。

朱镕基的浦东开发计划，恰巧给了北京证券交易所研究设计联合办公室一个机会。一直为北京建立证券交易所做准备的北京证券交易所研究设计联合办公室，在遭遇重重困难之后，在北京还没找到机会，反而是亟待开发的上海给了他们信心。

北京证券交易所研究设计联合办公室的宫著铭向朱镕基写信说：要想开发浦东，就要借全国的钱。银行已经没有办法了，要搞个股票交易所才行。

1989年底，在上海市委、市政府召开"搞活上海金融"的座谈会上，朱镕基当场确定，由交通银行董事长李祥瑞、人民银行上海分行行长龚浩成、上海体制改革办公室主任贺镐圣组成筹建上海证券交易所的三人小组，抽调人民银行上海分行金管处处长王定甫、北京证券交易所研究设计联合办公室综合计划部主任章知方等六人组成办公室，负责调查研究起草可以进行实施的操作性的方案。

国务院于1990年6月2日正式批复：

考虑到上海市目前已有一定的证券交易量，

以及开发浦东之后交易量增加的趋势，同意建
立上海证券交易所。

三人小组向朱镕基建议，筹备工作由上海市牵头，
请北京证券交易所研究设计联合办公室同志协助。

朱镕基把"协助"两字划掉，改成"合作"。

三人小组主要对上海证券交易所的成立提出意见和
方案，具体事务则由人民银行上海分行负责。当时人民
银行筹备小组人少，而大家都不懂证券交易所是怎么回
事，他们写报告提建议：

争取1991年一季度正式成立。

朱镕基在报告上批道：

这个时间太晚了，要在年内成立。

此时，人民银行上海分行成立了筹备小组，由金管
处处长牵头。这样，金管处的工作就由刚调来不久的尉
文渊负责。

由尉文渊来筹办上海证券交易所，有一点儿偶然。

尉文渊出身军人家庭，15岁初中还没毕业就去新疆
伊犁当兵，住地窝子，在冰天雪地中经受了艰苦的锻炼。

训练之余，他的一项主要工作就是和泥、打坯、烧

石灰、筑营房，这是极劳累的体力活儿，他戏称这为"基建"工作。

这项工作培养了他此后在不同工作岗位上一直保持着的非常明显的性格特点，就是能吃苦。

18 岁的尉文渊加入了中国共产党。当兵 5 年后，他复员回上海，在电影院当服务员。他工作积极，脏活儿、累活儿抢着干，年年被评为先进，不久被选到上海某区委任宣传干部。

恢复高考后，尉文渊考入上海财经大学。毕业后，他婉拒母校挽留，到正在组建中的审计署工作，不久当了副处长。32 岁时，他又被提拔为审计署人事教育司处长。

虽然仕途顺利，但尉文渊对机关里坐办公室的工作一直心有不甘，老想做一点儿有竞争性、挑战性更强的工作。

尉文渊的老师、原上海财经大学副院长、时任中国人民银行上海分行行长的龚浩成对他十分赏识，把他调到中国人民银行上海分行金融行政管理处当了正处级的副处长。

在 1989 年的条件下，筹办证券交易所谈何容易，老处长出去筹办了一阵，进展不大。

这也难怪，这时他们谁也不知道这个交易所该怎么筹办，所以这绝不是个轻松的工作。

1990 年 6 月，在海外访问的朱镕基向全世界宣布，上海证券交易所将于年内开业。

朱镕基的宣言，让国内负责筹备工作的人员措手不及，他们顿时紧张起来。

这时候，尉文渊感觉到老行长龚浩成有意主管金管处，于是尉文渊便自告奋勇地提出，愿意去筹办这个交易所。

就这样，国家大局与他个人处境微妙地纠缠在了一起。龚浩成同意了，但他明确表示：你去锻炼锻炼。第一是把交易所建起来，第二是找好接替的人，然后就回银行，另有重用。

1990年7月3日，尉文渊正式接到通知，去担任筹备小组组长。

紧张有序地开展筹备工作

上海曾经是远东的金融中心。为了学习和了解什么是证券交易所，筹备组找来了几位曾参与旧上海证券市场的老人座谈。

但由于在战乱中，中国的民族工业没有很好地发展，旧上海的证券市场也没有很好地运作，且这些老人只是一般的参与者或工作人员，虽然热情很高，却也说不出个所以然来。

调研了一圈，尉文渊仍然一头雾水。他们最大的难题就是"不懂"，没有历史经验可以借鉴，尉文渊和筹备组的同事们可以说是"股盲"。他们唯一可以间接借鉴的办法就是出国考察，但此时要出国是很敏感的，所以几乎没有机会。于是，尉文渊就决定从最容易的选址开始。

先要找个交易场所。这是一件很具体的事情，尉文渊觉得只要把事情做实了，就不会再那么没有无头绪了。

证券交易所的房子，应该是什么样的呢？

尉文渊在一本书的封面上看到过一张香港联交所交易大厅的照片，于是就一心想找这样一个大厅。

他每天坐着公交车到处找大厅，心里却仍然不清楚这个大厅该派什么用处，席位的含义到底是什么。他找过汉口路旧上海交易所的旧址，找过黄浦江和苏州河沿岸的旧仓库，看了北京东路的火车站售票大厅和金陵东路的船票售票大厅，都失望而归。

绝望之中，有人说北外滩浦江饭店有个大厅。已经不抱希望的尉文渊冒着中午的太阳步行来到浦江饭店。

这个饭店是一幢已有 150 年历史的欧式建筑，以前叫礼查饭店，虽然已很破旧，但那气势还在。

尉文渊眼前一亮：就是这里了！

交易大厅的装修布置、交易规则的制定、会员和席位的明确、交易员的培训、交易清算的程序、上市公司的准备等，都在同步进行。

具体到交易大厅的色调、交易柜台的位置、显示屏的安装等，尉文渊都是事必躬亲，千头万绪，忙乱不堪。

12 月 3 日，朱镕基来这里视察，交易大厅门外基建工地一片狼藉。下了车，朱镕基脸色铁青。当他走进大厅，看到布置就绪，脸色才舒缓下来。

朱镕基问尉文渊有什么困难需要解决的。尉文渊说装饰包厢的圆拱形玻璃配不到。朱镕基让他找耀华皮尔金顿，叫他们马上定做。

有了场地，该怎么交易呢？

尉文渊从很少的一些资料中了解到，国际上发达国家的交易所主要是口头竞价交易。中国人熟悉的《子夜》里描述的就是口头竞价，打手势配合高声喊价。

对于上海证券交易所交易方式的选择，很多人包括一些领导都赞成口头竞价模式。因为当时就那么几只股票，交易会很冷清，口头竞价能够满足需要，还能营造点儿气氛。但尉文渊听说像新加坡等新兴市场正在推行计算机交易。

尉文渊觉得，现在高科技发展那么快，难道在 20 世纪 90 年代新建的交易所，还要重复那种古老的方法吗？于是，他向领导提出，要试一试电子计算机交易。

尉文渊从向人民银行借的 500 万元筹备金中挤出 100 万，决定搞计算机交易系统。

他也没有完全放弃口头竞价交易方式的准备，请在美国华尔街工作过的"海归"来帮助设计口头竞价的方式。他们搞了一段时间，比画来比画去，但是找不到感觉。

因此，尽管上海证券交易所的交易规则中规定的是口头竞价和计算机交易两种方式，但是"宝"全部押在了电子交易上。

可以这么说，这是一种极其大胆的、跨越式的发展，因为他们连最简单、基础的交易方法都没有掌握，一下子就进入电子交易领域，谁也不敢保证此事能够成功。

但是，生性好强的尉文渊不甘心亦步亦趋地跟在别人后面。他一投身于这项全新的事业，便在暗地里使上了劲儿：要办就办一个在世界上举足轻重的证券交易所。

尉文渊邀请当时的上海财经大学的助教谢玮，在深圳黎明工业公司的支持与配合下开始了计算机交易系统的开发和建设。

其间的酸甜苦辣一言难尽。直至开业前几天，整套电脑交易系统才刚刚安装就绪，以至连试运行的时间都没有。

"谢玮这小子真行，'吭哧吭哧'几个月，居然搞出了一个具有独创性的世界一流的电脑系统!"尉文渊喜不自胜地说。

到11月，交易所的筹备情况大体定型，尉文渊才终于有机会第一次到香港证券市场考察。

开始时，他对香港联合交易所的交易体系看不太懂，和自己搞的那套东西不太一样，心里有点儿慌张。

几天后，他突然恍然大悟：原来自己的电脑交易的设想已经走在了香港联合交易所交易系统的前面!

在电子交易的基础上，尉文渊也顺便解决了股票无纸化交易的问题。

在当时，这又是一项具有世界领先意义的创举，推动和支撑了此后证券市场的快速发展。

开业前的茫然与困惑

1990 年 12 月 18 日晚上，上海证券交易所开业的前夕。交易所筹备组负责人、第一任上海证券交易所总经理尉文渊坐在刚刚装修完的交易大厅里，心里一片茫然。

作为中国改革开放向更纵深推进的标志，上海证券交易所的开业将是一件历史性的大事件，全世界都在关注着这件事。

但是此刻，尉文渊却忐忑不安。

更糟糕的是，此时已经不能再做什么了，只有等待。

紧赶慢赶，交易系统总算准备就绪了。但系统既没有经过测试，更没有做过试运行，谁也不知道在实际交易过程中会出现什么情况。

其实，在确定选择电脑交易的大原则和技术方案后，尉文渊天天询问系统建设的进展情况，但直到快开业了，大家心里仍然没有底。

还有个大问题就是清算。清算系统根本来不及搞，只成立了个清算部，到时候能正常运营吗？

在 20 世纪 90 年代初的中国，恐怕没有人能说清楚证券交易所是怎么回事。

尉文渊和他的筹备班子也从来没见过一家真正的证券交易所。

在信息极其匮乏的情况下，在不到半年的时间里，他们硬是摸索着把一个证券交易所建成了。

可是，随着开业的临近，刚开始时的那种懵懂无知的自信渐渐被磨光了。

此时，尉文渊有一个困惑挥之不去："我搞的这个东西，真的是一个证券交易所吗？"

没有人能给他答案。

生米已经煮成熟饭，即使有问题，事实上也已经没有修正和调整的可能了，因为明天就要开业了。

就在几天前一次筹备小组的碰头会上，说着说着，尉文渊突然流泪了。

除了极度的疲惫外，更要命的是那种茫茫然没有方向的感觉。事情搞砸了谁也负不起责任。

尉文渊后来回忆说：

当时突然感到自己就像浪涛中的一叶小舟似的那样无助，不知会被甩向何方。

身不由己，这种茫然的焦虑突然间把我淹没了。

但是这种感觉很快就过去了，尉文渊是个不会向命运屈服的人。

开业前一天不仅忙乱，麻烦事还多。

在布置开业典礼的会场时，疲惫的尉文渊在搬桌子时压到了脚，当时就肿了起来。晚上，伤口发炎，他发起高烧来，浑身忽冷忽热。

但是想到明天就要开业，全世界的目光都将向这里聚焦，而所有的努力、辛苦也都将在明天见分晓，尉文渊觉得自己在这样的关头是不可能离开工作现场的。

他在浦江饭店的客房里迷糊了两三个小时，终于熬到了天亮，他的脑子里满是证券交易所开业的事！

开业筹备

证券交易所正式开业

1990 年 12 月 19 日一早，尉文渊起床后发现，脚肿得根本穿不上鞋，他只好向人借了一只大号鞋。

尉文渊穿着一只大一只小的皮鞋，由人背着来到现场，一瘸一拐地在现场做最后的布置，然后倚着墙准备迎接贵宾。

在上海浦江饭店举行了上海证券交易所开业典礼，上海市委书记兼市长朱镕基致开业词，香港贸易发展局主席邓莲如女士、国家经济体制改革委员会副主任刘鸿儒等都出席了。

按照原定程序，上午 11 时正式开始交易，由交通银行董事长，也是上海证券交易所的理事长李祥瑞授权尉文渊鸣锣开市。

11 时整，兴奋的来宾们还在议论着、参观着，未能全部进入仪式现场，而显示屏已经开始显示交易的数据了。

情急之下，尉文渊敲响了上海证券交易所的第一声开市锣声。

尉文渊后来回忆说：

那个锣的声音比较闷一些，声音偏低沉，

不是我们想象中很荡气回肠的样子。它带点儿
沉闷的感觉，所以开市的时候我就拼命地敲，
我要把它敲响。

放下锣锤，他艰难地走进电脑房，看到谢玮他们兴
奋地抱在一起跳啊跳，便知道交易成功了！

开市锣声刚刚响过，电脑系统便"十分争气地"把
交易行情迅即显示在交易大厅那巨大的电子屏幕上。

午宴上，尉文渊没吃几口饭。送走来宾后，他就一
头倒在了床上。此时他高烧已达40度左右，当晚就被送
进了医院。

尉文渊在医院待了一个月，才被允许出院。

有人问他开市第一天的感觉。他说："没有感觉。第
一天是怎么交易、怎么收市的我都不知道。"

尉文渊的确是拼了命。短短半年时间，他和他的同
事们应付着千头万绪、纷繁复杂的工作，承受了巨大的
压力。

不过，尉文渊不仅敲响了开市锣，更敲响了中国资
本市场宏伟乐章的开篇。

上海证券交易所采用了先进的电脑交易系统，使交
易的指令传输、撮合成交、证券过户、清算交割、信息
检索与储存都高效地运作着。

上海证券交易所是白手起家，而纽约等老牌交易所
要想使用电脑，先要摒弃了传统的大呼小叫、手舞足蹈

的交易习惯，比上海证券交易所累得多。

开业当日，上海证券交易所里有30种证券上市，其中国债5种、企业债券8种、金融债券9种、股票8种。

此时，上市交易的8只股票，分别是飞乐音响、延中实业即后来的方正科技、爱使股份、真空电子、申华实业、飞乐股份、豫园商城、浙江凤凰，被称为"老八股"。

第一笔交易对象是真空电子，由海通证券公司抛出，未达3秒便被万国证券公司抢去，被宣布无效。再次竞价，申银证券公司吃进，成交价365.70元。

如此，上海三大券商都在当天露了脸。

二、 早期发展

● 现场秩序混乱还差儿点闹出人命，于是市场管理层就想先发股票认购证，再凭认购证摇号认购新股。

● 场外的股民像看戏一样盯着里面，有的甚至用上了望远镜。一个村民买了个对讲机，里外联系，那架势把上海人都看呆了！

中国股票市场起步

　　1991 年，中国开设股票市场尚处在搞试点的阶段，社会上的很多人戴着有色眼镜看待股票市场，认为股票是资本主义社会的产物。此时的传媒报道了上海某厂的一位团支书因炒股而被厂方降职的报道，所以大家在炒股时都有点儿做贼的感觉。

　　当时，从报刊、广播、电视上几乎很难找到股市方面的信息，南京股民陈军在南京获取股市行情的唯一途径，就是收听和记录每晚 18 时中波 790 千赫上海经济广播电台播报"老八股"的行情，但是，只播报当天的收盘价和成交量。

　　1991 年，在上海各个报刊零售点，每逢周二的那份《新闻报》特别畅销，原因就是在周二出版的这份报纸上，会用固定整版篇幅，即《新闻报道：证券市场专辑》报道上海和全国证券市场的动态信息。这份有百年历史的老报纸，可能是此时内地最早在报端刊登证券信息的正式刊物。

　　陈军在南京无法单独零买到周二的这份报纸，只得去南京金陵图书馆翻阅和复印该报，后来他在南京通过邮局订阅了全年的《新闻报》。

　　《上海证券交易所专刊》也是在 1991 年 6 月 10 日和

7月1日先后试刊和正式发行的，但是由于此时该报不是通过邮局公开发行的，陈军就汇款去交易所订阅，由上海证券交易所每周用信封将报纸寄到南京。

至此，陈军虽身处南京，照样既能通过上海电台天天了解到"老八股"的收盘行情，又能看到上海当地报道股市信息的仅有的两份重要报纸。在收集股市信息和研究股市动向方面，他并不逊色于当时上海当地的投资者。

1991年的沪深股市还是比较封闭的市场，上海的万国、申银、海通等老牌券商还没有在外地城市开设证券营业部，所以要买卖上海证券交易所的股票就必须去上海，要买卖深圳证券交易所的股票就必须去深圳。

不过，尽管沪深两地相距较远，尽管此时沪深两地行情尚未联网同步显示，但是沪深两地股民间还是有所互动的。有报道说，在深圳股市炒作发展尝到甜头的南方投资者携款北上，进军上海收集和炒作真空电子等股票，从而引发了1990年夏天沪市的第一波牛市上涨行情，使得"老八股"股价纷纷远离了面值。

另外，1991年在上海清一色的本地股民之中，也有极少数浙江股民，这是因为在"老八股"之中，就有唯一的一家来自外省，即浙江省金华市的上市公司凤凰化工。所以，当年有些上海股民听说有来自外地的股民后，首先就会问是不是从浙江过来的。

1991年7月以前，交易所还没有推出股票账户，本年买卖股票时甚至可以不用在证券营业部开设资金账户，只要带着现金去委托就行了。

委托价格分市价和限价两种，委托有效期分当日有效和 5 日有效。当时的投资者在填写买入委托单时，经常会选择市价委托和 5 日有效的委托内容，因为这样的委托方式既方便又省事，还可以提高成交的概率。

这种委托交易方式极大地方便了外地股民，他们通常在周末到上海，周一递交买入委托单后就乘车回去了。一周后，他们在下个周一再去上海看有无成交，然后再决定是否继续委托买入。

经过多次委托，陈军终于在 9 月 30 日购得他一直看好的申华电工，并一直持有到 1992 年 7 月。

当时，委托买卖股票的佣金标准为千分之五，上半年主要的交易类别是普通日交易，即买卖成交后的第四个营业日才能办理清算交割，股票交割单是由营业部工作人员手工计算制单并签字盖章。

1991 年 7 月 11 日，上海证券交易所推出了股票账户，逐步取代原先的股票名卡，陈军于 7 月中下旬去黄浦路 15 号开设了股票账户，账号为 A100018###，并将他的股票名卡上的股票余额转存至股票账户，他成为当年上海股票账户的首批开户股民。

1991 年的上海股市仅有 8 只股票，唯一的大盘股真空电子，即后来的广电电子的流通盘不到 5000（换算成 1 元面值）；爱使电子，即后来的爱使股份，流通盘不足

80 万；豫园商场，即后来的豫园商城，流通盘不足 130 万；小飞乐，飞乐音响的流通盘也不超过 320 万。

1991 年，上海证券交易所先后采用了 0.5% 和 1% 的涨跌停板制度。虽然此时入市的股民很少，上半年的股价也是时涨时跌，不过到了 7 月和 8 月以后供求失衡的矛盾还是暴露出来了，出现了多数股票天天涨停板，但少有成交量的空涨局面。

领头大牛股豫园商场，由于其资产评估报告中，没有把地处城隍庙黄金地段的土地地价计算在内，导致其价值被严重低估，于是其股价从年初开始就几乎天天涨停板。

为此，上海证券交易所在 9 月 30 日开始推行 3‰ 的流量约束控制，也就是规定只有当日某流通股的换手率达到 3‰ 以上的时候，才允许该股当日股价有 1% 的涨跌。

但是，多数股票持有者似乎宁愿看着自己的股票维持前一日收盘价不变，也不愿轻易将手中股票拿出来交易。恰恰是多数投资者都有这种惜售心理，造成了当时典型的有行无市状况，豫园商场就是一路上涨到 1992 年 5 月的 10 000 元每股才回头的。

此时，报刊媒体的舆论导向鼓励大家将手中股票拿出来交易，并且强调股市有风险，建议大家见好就收……

但是，实际情况却是，此时抛出豫园商场、申华电工的投资者，大多要等到 1992 年 5 月 21 日股价涨跌停板完全放开后，再开出已经翻倍的价格才能够购回自己原先抛出的股票。

这种有行情无市场、无交易量空涨的局面，一度为难了此时的上海证券交易所管理层。

但是，随后就有了 1992 年初发行股票认购证及其相应的股市大扩容，再到 1992 年 5 月 21 日所有股票都取消了涨跌停板的限制、实行"T + 0"交易制度。

从此以后，上海证券交易所上市股票有行无市的无量空涨局面就失去了存在的基础。

交易所迎来股市春风

1992 年 1 月，邓小平南行期间发表了针对股市发展的重要讲话。

邓小平指出：

> 证券、股市是不是资本主义独有的东西，社会主义能不能用，允许看，但要坚决地试。对了，放开；错了，纠正，关了就是了……总之，社会主义要赢得与资本主义相比较的优势，就必须大胆吸收和借鉴人类社会创造的一切文明成果。

邓小平这一精辟深刻的谈话和"不争论"的观点，成为股票市场诞生初期的思想理论基础。

此时的媒体还为邓小平此行发表了《东方风来满眼春》的专题报道。伴随着这股春风，内地股市也步入了积极发展的轨道。

由于整个 1991 年都是"老八股"在唱独角戏，且有价无市，于是就有了市场扩容。

1991 年底，在上海江湾体育场发行兴业房产股票，现场秩序混乱，还差点儿闹出人命，于是上海证券交易所管理层就想出先发股票认购证，再凭认购证摇号认购新股。

1992 年，新股认购证采用一次购买，全年使用的发行办法，每张 30 元，规定如不中签不予退款，认购款将捐赠给上海市社会福利机构。

媒体一再强调新股发行将使供求紧张状况得到改善，购买了股票认购证并不一定能中签，即使中了签，也不一定能获利。这样的规定和宣传大大降低了当时人们的购买欲望，致使新中国首次发行新股认购证还得依靠银行推销，结果反而提高了认购中签率，致使股票认购证黑市价格暴涨。

1992 年，在上海市的公交车上等公共场所，市民议论最多的就是股票认购证的话题。

据后来有心人士的统计计算：1992 年只要花 3000 元购入 100 份认股证，再花几万元作为认购股票款，滚动操作最终就可赚得 50 万元左右。

50 万元在 1992 年绝对不是小数目，更何况当时还有些上海人买了 200 份、300 份，甚至更多。1992 年的股票认购证造就了上海股市的第一代大户，此时在上海市民中流行着"嫁人就要嫁股民"的说法。

陈军由于先前大部分资金已购入申华电工，同时又考虑一旦中签后还得需要现金去申购，所以 1992 年他只投入 600 元购买了 20 张新股认购证。

1992 年 2 月，延中实业和大飞乐首先不再受 1% 涨跌幅限制，完全放开股价。

4月，上海证券交易所调整限价政策，全部取消上市股票3‰的流量控制。

5月5日，所有股票都实行5%涨跌幅限制，股价已放开的除外。

5月21日开始，所有股票都取消了涨跌幅限制并实行"T+0"交易。交易规则的频繁变动，最终使上海证券交易所股票从过去的困境中走了出来，从此上海股市告别了有行无市的状况。

随着股价完全放开及随之而来的股价暴涨，委托业务量大增，此时上海股市已经由1991年的"买入难"变成了"卖出难"，持股者眼巴巴地看着豫园商场、申华电工两股最高价分别涨至1万元，却由于委托跑道太拥挤而无法抛出兑现。

为解决中小股民卖出难这一难题，6月，上海各家证券营业部在上海市文化广场专门设立了供中小股民委托卖出的所谓股市"大集市"。

1992年6月18日是个值得纪念的日子，就在这天，原万国证券南京营业部开业了。从此陈军不用再去上海委托买卖股票了。

巧合的是，大概也是在这个时期，他在南京也无法收听到中波790千赫上海经济广播电台每晚18时播报的沪市收盘行情了。

尽管此时万国证券规定开户起点资金必须达到5万元以上，但仍然吸引不少人筹集资金前来开户入市，他们正是南京市的首批开户入市股民。

此时，在万国证券上海黄浦营业部门前，是上海市著名的露天股市沙龙。伴随着南京首家证券营业部的开业，地处闹市区的中山东路 200 号门前，也就顺理成章地成为南京唯一的露天股市沙龙，每逢收市后或双休日，这里总是非常热闹，当时全市股民购买证券类报纸杂志也是必来此地的。

陈军于 7 月 7 日在该营业部以 530 元抛出了已经持有9 个多月的另外 120 股申华电工。至此，他 1991 年在申华电工上投入的 1.1 万元，经过参与公司配股后再抛售，已经变成近 10 万元，收益率达 800%，这个收益率已经远远超过同期市价曾涨至 1 万元每股时的豫园商场的涨幅。

此时，他在申华电工上取得的成功，再加上年初用闲钱购买了认股证，使得他 1991 年的入市资金，到了1992 年南京首家证券营业部开业之时，实际上已翻了 10多倍。他也因此成为当年南京市首批开户股民眼中羡慕的对象。

1992 年沪市综合指数从 8 月 7 日的 1000 多点暴跌至当年 11 月中下旬的 400 点以下。短短 3 个多月时间，上海股指下跌幅度竟超过 60%！

这轮快速暴跌行情，无论是对于 1992 年刚入市的新股民，还是对于 1991 年，甚至更早入市的老股民，都是一次沉重打击。

据报道，此时在上海就有部分股民提出社会主义国家开办的股市不应该让股民遭受如此大面积的亏损。这在后来看来似乎有点儿好笑，然而此时还是股市发展初期，况且所有股市参与者又都是第一次遭受如此大暴跌的打击，出现这种现象也就情有可原了。

陈军此时在《南京日报》上曾见到过如下一则报道：

> 本地一所名牌大学的某教授，为适应许多企业改制的需要开设股份制培训班。学员看在教授是证券方面的专家份上，筹集了百万资金委托该教授炒股，结果在这轮暴跌行情中教授亏损过半，教授自觉很没面子最终关闭了该培训班。

这轮突如其来的大暴跌，也使陈军遭受重创。他急于挽回在股市暴跌初期的操作损失，结果却亏损面不断加大。他自从 1991 年初入市以来的赢利因此被抹去一半多，幸好后来他及时总结经验教训，在当年年底的那轮牛市行情中又挽回了所有损失。

1991 年，蒋益群在从事呢绒服装生产销售生意。服装行业不景气，他就开始寻找更赚钱的路子。

此时，他家订了一份《经济生活报》，看到报上登着兰溪凤凰股票涨价的消息，觉得很奇怪：股票是什么东西，怎么这么赚钱？

他经常去无锡采购原料。1991 年，他趁着到上海转车的间隙，找到了设在外滩的上海证券交易所。

此时的交易所里挤满了人，他费了好大劲才挤进去，发现里面有个大屏幕，上头的数字红红绿绿的不断变动。买卖的人不能直接操作，必须由那些穿着红马甲的人代劳。

蒋益群看了半天没看懂。之后他又去了几次，发现股价基本上天天在涨。

他和邻居黄惠民说了这番见闻，两人一合计，就从南马坐车到兰溪化工厂一探究竟。

那时，他天真地以为："股票就是与供销社的股金证一样，一年可以分几盒火柴。"

到了兰溪化工厂，他们被迎头泼了冷水。

厂门口贴着布告，大意是本厂职工从周一到周五一律不得到上海证券交易所交易，否则厂里不开介绍信，也不准过户。

两人悻悻地回到家，但想要接触股票的愿望反而更强烈了。

后来，他们看到报纸上说上海要发行"兴业房产"股票，他们就想去买原始股。

半个多月后，他们又从报纸上看到"兴业房产"股票发行成功的消息，由于买的人太多，上海证券交易所发行场所的铁拉门都拉不上，只能动用警力维持秩序。股票如此受追捧，这更坚定了蒋益群涉股的信心。

这年年底，蒋益群等来了发行新股的消息，不过这时购买股票要凭认购证了。

他和黄惠民赶紧赶到上海，找到工商银行设在上海外滩的总部，以每本30元的价格买了80本认购证。其中蒋益群50本、黄惠民30本。

回来后想想太少，1992年1月25日，农历腊月二十五，两人又跑到上海各买了20本。

"这种认购证上海只发行了两次，许多上海人不敢买。"蒋益群说，"谁也没想到后来它会身价百倍。"

春节过后，证券公司开始摇号抽签，认购证一下子涨到每本1000元。

排队买股票时，一个上海人想以8万元的价格让蒋益群把认购证转让给他，蒋益群不同意。

这一次，他买了许多原始股，其中一张认购证通过摇号，抽到了上海"众城实业"的原始股50股，发行价每股1元，一上市其"资产"就成了500元，并陡升到1万多元。他认购的股票当年6月卖出后就赚了几十万元，轰动了泉府村。

见到股票如此赚钱，村民们也纷纷跑到上海二级市场买二手股票，全然不顾股市的风险。

蒋益群后来回忆说：

> 其实那时股票买卖相当困难，得跑到上海证券交易所排队买委托交易书，每份委托书价格为2元，一天只卖200张。因此，在每个交易日人们都是天不亮就去排队，填好内容交进去，

再在外面电话连线让"红马甲"代为交易。

此时买股票的人太多了，交易所前人山人海，上海工人文化宫成了临时的证券交易营业部，一张桌子一部电话机就可以操作。场外的股民像看戏一样盯着里面，有的甚至用上了望远镜。一个村民买了个对讲机，里外联系，那架势把上海人都看呆了！

之后，蒋益群就彻底进入了股市。

1992 年 1 月，邓小平南方谈话发表后，上证指数从 200 点起步，4 月达到 400 点以上，5 月上旬冲破 500 点，几乎所有股票涨幅都超过了 200%。虽然有时也会有涨跌，但由于轻易不"割肉"，加上大盘的持续上扬，蒋益群的资金迅速积累。

但渐渐地，股票"只要买到就能赚钱"的神话破灭了，蒋益群对中国股市不成熟的体会增多：股市就像潮水，风险很大，越贪越赚不到钱。

蒋益群回首自己的炒股路时，不胜感慨地说：

在中国股市，我喝到了第一桶水，挖到了第一桶金。

上海股市第一代大户

上海股市第一代大户是一个善于自我调节的人群组合，他们都是由上海证券交易所催生的。

作为当代上海最早的一批确立自我经济意识的人群，他们靠着这种调节力量，一次次地赢得机遇，又一次次地面临危机，但是，他们中的大部分人最终没能走出失败的阴影。大户室，只能是他们的一个人生驿站。

在普陀区有一个被人称为"舰队司令"的蔡先生，他在上海股市大户中是一位有"千万吨位"实力的股民。

另外，还有一些股市风云人物杨百万、王君、余健强等人。

在上海股市第一代大户中，1992 年，王君曾经以"500 点满仓，1400 点全部出空"的一次成功操作而誉满大户室。到 1992 年 4 月，这位 30 岁刚出头的大户已经有 500 万元身价了。

从来没有上过一天班的王君，似乎有一种天生的金融素质。

1995 年 6 月 28 日，在他被逐出大户室两年后，记者见到他时，他又重操旧业，在一家饭店里喝午茶，正与人谈着一笔不小的生意。

嘿！历史老人真会开玩笑。

"在被消灭的股市大户中，我是个特例。因为我并不像他们是因为巨额透支打穿被消灭的。从这一点说，我并不能算是被股市消灭的。

"其实，早在炒'老八股'的时代，看着天天赚大钱，我心里就在想，世上没有这么好的事，我得见好就收，实行战略转移。

"1992年夏天，那个该死的'美国土地证'在上海抛售了。那时，我只记牢一句话：什么事情都得赶头班车。于是，在缺少思考的情况下，我在南京西路上海杂技场门口以1万元高价订购了近200张'美国土地证'。总以为可以翻几个'跟头'，岂知，几天以后，价格竟掉了一个零。这一次，损失够惨重的。

"真是祸不单行。1993年，外汇期货热在上海兴起，我想做外汇，我很有经验。于是，我就把全部资金投入到香港在上海开的'伟宏公司'，在那里做了一段日子外汇期货。差不多把钱输完了时，我才发现这是一家未经上海市政府许可的地下期货公司。这时，香港老板又卷着我们的血汗钱逃走了。为此，我还曾经特地去香港讨债。但是，至今不见一个子儿归还。

最近，我就在算，1992年我们这帮子申银大户，出国的出国，经商的经商，消灭的消灭，真正留在股市的恐怕就是'山东'一个人了。"

"山东"是指上海股市第一代大户中那个以"炒花生"起家的李先生。

1990 年，上海股市还在进行"静悄悄的革命"的那阵子，得地利之便，家住西康路申银公司对面的"山东"受股市的启蒙，推倒了"山东花生摊"而投身于股市。

到 1992 年，他已成了上海股市名声不小的大户。在一个记者的采访本上，有如下一段关于他的文字：

> 1991 年华东水灾那阵子，电视台举办《情系华东，血浓于水》赈灾义演，"山东"闯入直播现场，拿出 5000 元，希望能上荧屏亮个相，给当年弃他而去的初恋情人和棒打鸳鸯的老人看看，俺"山东"不赖。很可惜，因为募捐的人太多，"山东"最终没能如愿。
>
> 第二天早晨，"山东"雇人买了一束进口郁金香送到那个姑娘家。
>
> 今天，"山东"几乎成了申银大户室第一代股民中唯一还在大户室留有席位的股民。
>
> 不过，严格地说，他已经不是当年名片上所印的"上海平民证券职业投资者"了。
>
> 因为，他同时还在集贸市场设有一只专批"生猛海鲜"的摊位。到底炒股是第二职业，还是"炒海鲜"是第二职业？
>
> 对此，"山东"的回答是：这要看股市行情，股市有"蓬头"时，当然以大户室为主。不过，如今"蓬头"越来越少，时间越来越短，

获利越来越难。平时，还是以经营海鲜为主，民以食为天嘛！这么多饭店家家都要海鲜，这市场能放弃吗？

在20世纪90年代初，当这个宽松的时代再也不苛求每个人固定在一个岗位上，而允许人们选择人生道路的时候，上海股市的第一代大户在极短的时间里从"无产阶级队伍"出发，不约而同地来到了大户室这个人生驿站，抓住了机遇。

但是，在从这个驿站向下一个驿站进发的征途上，大多数第一代大户又迷失了。

过去并不遥远，仿佛就在昨天。对于已被称为"飞鸟投林"的上海股市第一代大户来说，瞬间的金色光环是永远难以抹去的。

1992年4月20日，他们中的9位在上海梅龙镇酒家一次"工作午餐"上聚会。

在"买到股票就等于赚到钞票"的这个年头，他们的"工作午餐"全是在南京路、淮海路上的大饭店用的。

中午时分，股市收盘了。

"舰队司令"蔡先生带着这批大户走进了饭店。他们的手中几乎都提着沉沉的包袋，随即倒出一捆捆50元、100元票面的人民币和一沓沓1000元面值的定活两便存单。

那年头，证券公司的货币电子化还差得远，几乎每个交易日他们都要从证券公司提出赢利的钱。这天，餐桌上大约堆了 20 万元，他们很随便地你一捆、我一捆地自我分配着。

后来有人说："我真为你们的安全担心，拎着这么多钱不怕出事情吗？"

"白天在马路上走一两条马路，有什么可怕？距离远一点儿，我们就坐出租车。晚上出门，只带上万把元开销钱，有什么可担心的？这就是自我保护意识吧！"说这番话的，是"舰队司令"蔡先生。

在这批第一代大户中，从"杨百万证券办公室""辞职"的被称为杨百万大弟子的余健强最活跃了。

这时，口袋里塞满了一沓沓钞票的他开腔了："说来也真稀奇，这年头。我在股市发了财，母亲的精神病痊愈了，常生病的妻子身体也好了，嘿！运气这东西真鬼！"

半年前，1991 年 10 月，在股市从 2000 元起家成为几十万元的"准百万"后，他来到上海第九制药厂，向厂长黄仁忠呈上了一纸辞呈，辞职的理由是：

> 要投身于中国金融改革。做一颗证券股票事业的铺路石。

显然，这句话是从师傅杨百万那里批发来的。

在结束厂长与工人关系前，黄仁忠厂长和余健强曾有如下对话：

"你以后不会后悔吗?"

"后悔了也只得自己认了。"

"你母亲、爱人都同意吗?"

"家里没有一个人反对。"

"最后送你一句话:希望能像你父亲在世时在厂里留下好的印象一样,你在股市也要留下好的印象。"

当时,"铺路石"余健强的眼睛湿润了。

此刻,在饭桌上,感觉极其良好的余健强忙不迭地招呼大家多吃快吃。他说:"东方风来满眼看,好日子还在后面呢!大家的身子可要养得好一点儿。"

很是丰盛的宴席开始了,服务员小姐端上了一道又一道佳肴。此刻,那个个子矮小、被大户们称为王君的青年话语很少,时不时地捏着"大哥大"在拨号。

别看他才30岁出头,他可是改革开放的幸运儿。

他说:"从出娘胎我就没上过一天班,我每一次都搭上了'改革号列车'的第一航班。搞个体,我是第一批;搞外汇买卖,我又赶了个早;这回搞股票,我的'股龄'比杨百万还早!

"人人都说'来得早不如来得巧',我偏相信'来得巧不如来得早'。第一代个体户哪个不发财?搞股票也是这样,如今在上海滩几百名大户中,新面孔有几个?还不都是几年前在'静安'、'万国'门口'打桩'的几个老面孔?"

他还自认为自己就属于金融意识较早觉醒的一批人。

"所以，我常对那些至今还在企业上班的朋友们说，股票已挨不上你们去赚钱了，还不如细心观察，搭上随时可能发车的'改革号列车'的第一航班。错过了太阳、月亮没关系，太阳、月亮天天还会升起来。"

当时，王君是这里的第二大户，第一当然是"舰队司令"蔡先生了。

在这些大户里，有一位带着北方汉子气质的李先生，他就是被大户们称作"山东"的昨日的炒货个体户。

他十分幽默地对人说："这年头，股价还真像吃了催肥剂，一天天涨起来，搞得我家里的'老山东'每天开口问我的第一句话是：今天又赚了多少？前天，我告诉他赚了 6500 元，他还脸一沉。昨天，当他得知赚了 1.1 万元，这才乐了。我对他说，哪一天股票暴跌了怎么办？你知道俺老爸怎么回答？'这社会主义的股票会跌吗？'……"

"工作午餐"进入了高潮。宴席上觥筹交错。

上海股市第一代大户们高高地举起了酒杯。不知谁提议要为"上海股市"干杯！一双双手组成了一幅放射形的图案。

这是一双双曾经在车间、码头、田野落下厚茧的手，一双双在"无产阶级"队伍中走来的、曾经劳动者的手，一双双"哪怕睡在家里也能一天赚上成千上万元"先富起来的手。

1993 年 7 月 23 日，星期五的傍晚，在一周股市交易结束时，9 名股市大户来到了他们曾经长时间享用"工作午餐"的绿杨村酒家。

此刻，脸上失去了光泽的他们显得很沉重，因为谁都明白，对于这一伙亲密"股友"而言，今晚是几度春秋在同一条"股壕"并肩战斗的最后一次晚餐。

上证指数的急剧下降和一次次动真格的取缔透支、限时平仓，使他们一个个告别了金色的昨天。

"从中小股民那里抢到的，从政策缝隙中捡到的，从时间差中捞到的，今天，统统地还给了爱你恨你没商量的上海股市。"

从此以后，他们退出了大户室，大路朝天，各走各的路了。

"今天是第一次也是最后一次实行 AA 制聚餐。朋友们，分手前，我们每一个人各点一个菜吧！不过，千万不要点豆腐。我们不是吃豆腐羹饭的。""舰队司令"蔡先生风趣地说。

"别鹤声声远，愁云处处同。"盛宴必散，苦酒难干。

在依依惜别的氛围中，一位大户调侃说："跌倒了算什么？爬起来再前进!"

就在市场这只无形的手风卷残云似的消灭上海股市第一代大户后的 1993 年夏秋之交，一位证券公司大户室小姐在描述一个"消灭"大户的场景时说道：

在一个被人们认为该"发"的 18 日，上海股市突然猛地下沉。

大户室里，31 名大户痴痴地凝视着一片"红海洋"。

14 时刚过，证券公司经理把几个大户唤走了。

不祥之兆！大户们顿时有了反应：要限时平仓了！

顿时，"大哥大"、寻呼机、电脑忙作一团，透支越多的大户越忙，那紧张颓唐的神态就像一个旧政权官员到了面对兵临城下的境遇。

几分钟后，被唤去谈话的大户回来了，怏怏地说："最后通牒，原地立正！收市前平仓。"

"赤条条来，赤条条去了。"一位大户瘫坐在沙发上喃喃自语。

离收盘还有 1 个小时，股价依然不见抬头，大户室里气氛凝重，大户们心如刀割。

收盘了，"大限"已到。

与此同时，大户室平仓结束。巨额亏损使其中 14 名大户账面资金化为乌有。

临走时，重新成为"无产阶级"的大户们恋恋不舍地欣赏起这间颇像锦沧文华大酒店客房的大户室。

蔡先生后来回忆说：

上海股市留给我的恐怕只有这套商品房了。那是我听妻子的话，在 1992 年财力最足的时候买下的，花了 8 万元。

如今，恐怕值 30 万了。现在想想真后悔，当初从资金卡中抽出几百万元并不是难事，如果买上几十套这种房子，那么今后可真是一辈子不会穷了。人生没有后悔药可吃！

"现在，我很少出门，就在家里看看书，听听音乐。我的不少在工厂上班的同学都下岗了，我对他们开玩笑说：我是从股市下岗的。至于说哪一天再上岗，我心里也没底。老实说，并非没有条件再上岗，有许多朋友怂恿我再到大户室去，资金由朋友们凑。但是，今天的股市已经不是3年前的情况了，纵然你带5000万资金入市，在机构面前，你也不堪一击。不像那时候，有1000万资金在股市，你就可以呼风唤雨了。

"我才45岁，总不见得就此一辈子在家，总想找点儿事情干干。干什么呢？我是上海第一代个体户，在20世纪80年代初，我就拥有几十万元资金了。

"以前在股市，为点钞票手上还真点出过老茧。大进大出惯了，现在能干点儿什么呢？有人劝我去搞饭店，我这个人能开饭店吗？朋友这么多，他们来吃饭我不可能收钱。有人要我去搞公司，或者到市郊什么'私营经济城'办一套营业执照，做做乱七八糟的生意，这些，我都不会做。要我低三下四去求人，我天生不会。好在现在我不愁钱，并不是我有钱，而是因为朋友多，过去我'培育'出不少10万元户、100万元户，他们不会忘记我。

"看来，我这辈子只能在家里陪妻子了。"

这时，这位身材魁伟的汉子的脸上掠过一丝不安。

在过去的几年中，上海股市大户室里不知发生过多少类似的情景，所不同的仅仅是时间、空间和人物。

在上海股市第一代大户中，杨百万似乎是唯一能保持并发展"胜利成果"的人。

此时，他的名片已换成一种新版本。他在名片上自称：

上海平民股票证券职业投资者，沈阳财经学院教授杨百万。

杨百万还定期到外地为股民讲课，当然，去得最多的是南京。南京证券公司给他的讲课费是每次 3000 元，约合每分钟 30 元，据说超过了美国总统克林顿的收费标准。

在上海，他平时在岭南路新居中静养，读书悟史，妻子小钱则时时陪着他。

大户室他很少去。兴趣来的时候，他就去"拾"一点儿 2 至 3 元价位的"垃圾股"，回家静等，只要涨 1 至 2 角钱，他就抛了。因为一"拾"就是十几万几十万股，所以收益也很可观。

对此，杨百万解释说："赚点儿开销钱。'抬''垃圾股'风险极小，我要保存胜利成果，不能冒风险。我之所以没有被'消灭'，就是从来不冒险透支。"

当然，杨百万还在考虑发展胜利成果。那些年，他几乎每年都要买一套房子。在老家闸北区，他已有了 3 套房子。

"我买的房子房价都是 3 年翻一番，手气不错吧!"杨百万很是得意。

中国资本并购第一案

延中，即延中实业股份有限公司，是上海最早推行股份制试点的企业，1984 年向社会公开发行股票，注册资本仅仅 500 万元，而且其中的 90% 属于个人股。

延中，还是上海证券交易所开业第一天就上市的企业之一。延中当时的总经理是秦国梁，董事长为周鑫荣。

1969 年至 1979 年，秦国梁在黑龙江插队 10 年。后来在知青返城时，他回到上海。因为在黑龙江军垦农场的时候，他跑过供销，回上海后就到街道工厂找工作，被上海延中工业公司看中，管理供销。

最早的时候，秦国梁在延中一天只挣 7 毛钱，一个月才 20 多块。

20 世纪 80 年代，延中工业公司晒图机在全国很畅销，一年能挣 100 万元，延中此时是上海出名的百万富翁厂。延中随着规模的扩大，发展碰到了资金的问题。

延中的董事长周鑫荣，旧社会时在上海接触过交易所和股票。1984 年上海出台政策，允许新办集体企业发行股票融资，延中是第一批"吃螃蟹"的。

不过，当时碰到了"先有鸡还是先有蛋"的问题。政策规定新办集体企业可以发行股票，于是周鑫荣办了延中实业，这是一家新公司，不是原来的延中工业公司，外面人搞不清楚，还以为是一家。

新办企业什么都没有，尤其缺钱，此时的延中实业实际上是个空壳公司。如果要发行股票，就先要去工商局注册，这个时候碰到了麻烦。

工商局说你没有资产，我怎么给你登记。他们又反映到金融处，金融处说你要是现在有钱了，就不是新办集体企业了。

为解决鸡和蛋的问题，工商局和金融处碰头协商，想出了一个变通办法。

延中工业公司先出 30 万当作注册资本，注册好延中实业公司，拿到执照，再去金融处申请发行股票，募集到资金后再增加注册资本。

1985 年 1 月 13 日，延中实业公司发行股票这一天，市民排队把交通都堵塞了，原来计划向社会发行 70%，但是买的人太多了，他们就不得不做了一些修改。

其实，绝大多数市民都是冲着房子来的，延中怕股票卖不出去，就设了一个股票抽大奖活动，奖品是两房一厅。此时上海人最缺的就是房子。

群众的热情逼着延中拿出自己认购的份额出来，延中实业是个人股占 90%、法人股 10% 的股本结构。此后，它遭遇连续不断的举牌收购，都是股权分散惹的祸。

1993 年 9 月，上海的股市不是很活跃，但是延中实业的股票却在慢慢上涨。

对延中管理层来讲，他们认为股票往上涨总归是好事，股民也高兴，此时还没有人了解抱有什么敌意收购这样的概念。

令延中人做梦也没想到的是，股价不断上涨是因为深圳宝安偷偷在二级市场收集筹码。

稍后，延中股票被上海证券交易所突然停牌，他们这才知道深圳宝安已经持有延中5%以上的股票，原来他们要收购延中。事先延中连一点消息都不知道。

此时，秦国梁真是又惊又气。

他的第一反应就是：他们这么搞，不是下山摘桃子，抢别人的劳动成果吗？我们把一个街道小厂弄上市，吃了多少苦，流了多少汗，他们仗着钱多就要硬抢过去，哪有这样的道理？这样做算什么名堂？

秦国梁他们急忙找来证券方面的法律法规进行学习，才知道还有个5%举牌制度，以前他们根本就不知道，也没有去学习。

宝安违反了举牌制度，买延中的股票超过了5%没有及时公告，以后每增持2%也必须公告一次。

但是宝安不顾这些规定，后来一下子又增持了16%才公告。

通过这种方式宝安成为延中第一大股东，但是，这是明显的违规。

延中方面，一方面向上海证券交易所、证监会反映宝安违规的情况；另一方面召开新闻发布会，向媒体说明宝安收购延中过程中在信息披露方面存在着重大违规行为。

深圳宝安总经理陈政立也赶到上海开发布会，对外宣布宝安收购延中是善意的，宝安的收购目的是要做延中的第一大股东，进入董事会，参与延中的经营管理。

在宝安入主延中后，秦国梁听说陈政立在上海活动很谨慎，一天晚上要换3个宾馆，怕上海方面找他麻烦，搞诬陷栽赃什么的。

此时双方就是敌对关系，有着强烈的你死我活的感觉，宝安他们敢到上海来闹腾，也冒着不小的风险。

延中此时是坚决不想让宝安进来的，在跟宝安打口水仗的同时，还请来了香港专业的反收购专家，出谋划策，想出了各种方案。

反收购专家提出了包括"毒丸"在内的很多方案。

搞"毒丸"，先要人为损害延中的资产价值。虽然延中是集体企业，可是也是国家的，他们谁也没有这个胆量搞"毒丸"。

于是，延中计划动员上海的几家老八股公司，请他们出资买延中股票。但是宝安已经把股价炒上去了，上海公司一买岂不是给了宝安实惠，况且此时上海的很多公司根本拿不出那么多钱，最后也就不了了之。

最后，延中决定紧紧咬住宝安违规买股票这个问题不放，主要策略是先投诉再起诉。他们觉得宝安违反持股比例的事实很清楚，逃不掉的，程序上有大问题。

另外，秦国梁他们查了查账户明细，发现了一些账户在宝安举牌延中前后，先知先觉，低吸高抛。他们认为是"老鼠仓"。

10 月 6 日，宝安的领导到延中拜访周鑫荣和秦国梁，这是双方领导层首次碰面。

宝安方面希望进入董事会。当时秦国梁他们就反驳说：虽然你们持股是第一大股东，但是这些股票合不合法还是个问题。"

这次协商没什么结果，秦国梁他们还表达了诉诸法律的决心，并向法院递交了起诉状。

起诉内容主要有两个方面，一是宝安违反信息披露买延中股票，二是宝安的关联企业在举牌期间违法卖延中股票。

宝安最怕延中方面起诉到法院，先不说延中最后是不是一定赢这场官司，只要走上了司法程序，时间就会拖得很长。宝安已经在二级市场投入了成千上亿的资金，他们拖不起。"老鼠仓"，要是查证，还涉及刑事。只要延中方面想办法拖延，宝安就没办法。

过了一段时间，在监管部门出面调解下，最后双方没有在法庭相见。证监会对宝安违规处以罚款，但是认定宝安收购延中股票有效，双方这才达成合作协议。

通过上海证管办协调，双方达成共识。

很重要的一条是，虽然宝安上海公司总经理何彬出任延中董事长，但他的投票权放在延中老董事长周鑫荣手里，周董在宝安入主后出任副董事长，秦国梁还是总经理，中层干部基本都没变动。

宝安这么妥协的原因，是他们也看到了，周鑫荣年纪已经大了，很快就要退休了。

何彬在周鑫荣董事长退休后接任董事长，他本人原来是上海《新民晚报》团委书记，这次被宝安方面挖去当上海公司负责人，秦国梁和他都是上海人，沟通很顺畅。

后来，何彬和秦国梁成了关系很好的朋友，以后在工作实践当中，宝安对秦国梁也很认可，秦国梁总经理的位子一直没变化，还年年被宝安集团评为最佳总经理。

后来，秦国梁回忆说：

用今天的眼光看，"宝延风波"违规的地方很多很多，有的简直就是明目张胆的不合法。但是至今我仍然对举牌第一案持肯定态度，认为其正面影响大过负面。

宝安打响了中国资本市场并购第一枪，是需要胆量的。策划这个事的陈政立和厉伟，他们绝对是天才。

上海那个时候不大可能收购别人，胆子小，深圳人还是敢搞。现在很多人还很难理解，宝安把延中给买了，上海怎么咽得下这口气？

其实，道理很简单，延中实业从一个街道小厂起家，政府投入很少，跟上海市政府关系不大。

发生国债违规交易事件

1995 年 2 月 23 日 16 时 15 分，上海证券交易所总经理尉文渊看了一下手表，离国债期货交易专场收市还剩 15 分钟。

刚刚陪证监会期货部的两位客人谈完正事，尉文渊便邀请他们来到了交易大厅，参观当时备受关注的国债期货交易。

交易员们正专注地盯着盘面，一手接着报单电话，另一手拨动着键盘。代号为"327"的国债期货价格正有节奏地跳着。

该品种所对应的现货券代号为"923"，由财政部于 1992 年发行，总量为 240 亿元，1995 年 6 月 30 日到期交割。

忽然间，尉文渊觉得今天交易大厅的气氛有点儿不对。凭着敏锐的市场嗅觉，尉文渊觉察到市场出现了异动。此时，离国债期货交易收盘不到 10 分钟。

除了正常交易时间，上海证券交易所还开设了国债期货交易专场，时间为每个交易日的 15 时 30 分至 16 时 30 分，也就是在股票交易结束后才进行的。

专场交易的好处在于既不影响股票交易，也容易活跃国债期货。

1995 年 2 月 23 日 16 时 22 分 13 秒，尉文渊看到"327"国债成交价为 151.30 元。刹那间，大量抛盘连续涌出，50 万口！交易员们可以清晰地看到，第一笔大单已经砸出。

场内电话声此起彼伏，又一阵狂轰滥炸，730 万口！

一张超级大单，将"327"国债的价格强行压至147.40 元收盘。

这一单，扫倒了万国证券，抹杀了中国国债期货市场，也打掉了尉文渊辛辛苦苦积累起来的金融创新成就。

尉文渊隔着参观台放眼望去，虽然因近视眼没能看清数字，但"327"国债后面跟着的一串长长的数字引起了尉文渊的高度警觉。

场内交易员们可以清晰地看到，卖盘价值约合人民币 2000 多亿元，这是一个交易屏幕险些容纳不下的天文数字。

"有问题了！"尉文渊的脑海里跳出一丝不祥之感。

果然，很快交易部告诉他，"327"国债大幅跳水，成交量异常放大。

"交易一定有问题，因为我们的规则是不允许这么做的。"尉文渊想。

按照规定，几家一级交易商，包括万国证券、中国经济开发信托投资公司（简称中经开）等会员的持仓量不能超过 40 万口。

在正常情况下，国债期货的波动率很小，风险较容易控制，这也是当时推出国债期货而非并未推出股指期货的一个重要原因。

事实上，自上海证券交易所国债期货上市后，中国的国债现货市场才算真正进入了一个全新的发展阶段。此后，国债发行难的局面得以彻底改变。

正因其魅力所在，当时还有另外 17 家交易所都纷纷效仿。

"立即查!"

"3 个席位出现了异常。"

"谁的?"

"都是万国的!"

"没搞错吧?"

尉文渊大吃一惊。要说是别人他还相信，万国证券怎么可能?

尉文渊自 1989 年 11 月正式调任人民银行上海分行以来，就和万国证券总裁管金生有了不解之缘。

1991 年底，两人还结伴访问韩国。那时候，中韩尚未建交。在当时国内众多证券公司中，万国证券因年轻、富有朝气和创新精神而独树一帜，尉文渊内心对其还是有所偏爱的。

20 世纪 80 年代，管金生这个名字响遍大江南北。他被称为证券界"教父"。

在缔造自己金融王国的过程中，管金生创造了中国证券业改革开放历史中的一页。在中国早期股市，管金生名声之大无出其右。

作为中国第一家证券公司的老总，管金生曾应美国有线电视新闻网（CNN）邀请，作为中国金融界第一人，在该公司直播中心用英语向全球介绍上海证券市场。

在其他证券公司尚未弄清国内市场是怎么回事的时候，管金生已打出"万国证券，证券王国"的旗号，声称要令万国成为中国的野村、美林。

1994 年，他更提出万国证券"要在 2000 年进入世界十大券商"的口号！

管金生就是这样一个时代思想超前的人。管金生1947 年 5 月 19 日出生于江西省清江县一个贫苦农民家庭。

1983 年，精通法语的管金生偶然地担任了在上海召开的中美国际投资研讨会秘书长。

会后，他受欧盟邀请，由上海信托投资公司委派赴比利时布鲁塞尔大学学习管理和法学，获商业管理和法学两个硕士学位。

毕业归国后，他在很长时间里无所事事，后被派到上海党校的一个"振兴上海研究班"里去"深造"。

20 世纪 80 年代后期，邓小平来到上海视察，广泛征求上海各界有识之士对振兴上海的真知灼见，并对将上海外滩尽快建成"东方华尔街"这一构思表示出了极大的兴趣。

管金生奋笔疾书，陈述创建中国证券市场的重要性，并请愿做证券业第一个吃螃蟹的人。他的建议被采纳。

1988 年，上海第一家股份制证券公司——万国证券公司开张。万国证券由上海国际信托投资公司等 10 家股东筹资，拥有 3500 万元股本金。意气风发的管金生出任这家证券公司总经理，那年他 41 岁。

万国成立不到两个月，就作为中国第一家证券公司在国际证券界亮相。

在管金生掌印期间，万国证券一级市场承销业务占全国总份额的 60%，二级市场经纪业务占到全国总份额的 40%。

美国、英国的权威机构评定万国证券为中国第一大证券公司。

有人评价，管金生是国内第一个对证券有真正认识的金融家，他的很多思想可以说是超越时代的。在万国发展的初期，管金生四处演讲，走遍全国各地，把银行，政府各个部门都拉出来，进行免费培训，做了大量市场培育工作。

他认为要想与国际大券商并肩，就必须更多地雇用那些聪明、能够将市场视为一门严谨的科学的交易员。为此，他在大学里面进行大量的演讲，邀请美林、高盛等国际投行人士给他们讲课。

当时，其他证券公司雇佣的员工大多为中专毕业生。而在万国的中层以上团队中，来自复旦大学、上海交通大学等高校的学生占到了 90% 以上。

这些人通晓财经知识，并有一定的英文水平，能够很好地学习国际投资理念。

据管金生身边的人后来回忆：

> 管金生最大的贡献就是他是一个老师，把国外的理念、战略、文化带到中国来。他的卓越就在于不断地冲击旧的体制。
>
> 在上海证券交易所的建设中，其交易规则、设备、交易员的培训，几乎都是万国一手操办；深沪两市的异地交易首先由万国开通；它最早开始在国内推动和实施无纸化交易；而B股是怎么推出来的？都是在房子里想出来的。

对于这么一个人，尉文渊当然很有好感，而且，他中午的时候刚刚和管金生谈完话。

1995年2月23日12时多，"老管"来找"小尉"，提出了3个"帮忙"的请求。"老管"和"小尉"是管金生和尉文渊之间的相互称呼。

"你能帮我的忙吗？"管金生问。

"什么事儿你说吧。"

"能不能给我增加点儿持仓量？"

"40万口是统一规则，要我单独给你增加，这不行！"

"你怎么了？"尉文渊进一步追问。

"我可能超出了一些仓位。"

"那就赶紧平仓！你怎么超仓的?"

"你别问了，我是向其他证券公司借了一些仓位。"

"赶紧平仓！这个别跟我商量。"

管金生的第一个要求被尉文渊拒绝了。实际上，当时万国的持仓已远远超过40万口的规定。

"第二个事情，你能不能帮我忙?"

"你说吧。"

"交易所能不能发个通知?"

"什么通知?"

"就说到现在为止上海证券交易所没有接到财政部贴息的通知。"

听到这一句，尉文渊蒙了。

1994年，国内通货膨胀形势严峻。为了抑制高通胀，鼓励老百姓买国债，国家对银行存款和国债实行保值贴补，即在既定利率的基础上，对居民存款或国债收益进行补偿。而贴息是在保值贴补之外的利息补偿。比如，当时"327"现券年利率为9.5%，1995年7月的保值贴补率是13.01%。根据当天晚上财政部出台的贴息方案，"327"的现券利率由9.5%的利率提高到12.24%，贴息和保值贴补采用分段计算。这意味着，如果此消息兑现，那么"327"国债的到期价格将会提高，对空头来说大大不利。

实行保值贴补后，"固定利率"变成了"浮动利率"，未来价格的"不确定性"使得国债期货的投机性陡然增强。在这个背景下，国债期货价格一改过去较为平稳的局面，大大刺激了交投的活跃。

1994 年 10 月首次实行保值贴补后，国债期货"314"曾经因此而发生过剧烈波动。

而这一次，伴随着传言，在"贴息"与"不贴息"之间产生了两大派系。

市场上，形成了以财政部所属中国经济开发信托投资公司为首的看涨派和以上海券商巨头万国证券、辽宁国发有限公司（简称辽宁国发）为首的看跌派两大阵容。

1992 年，中国经济重新发动后，其势凶猛，炒股票、炒债券、炒黄金、炒美元、炒房地产、炒开发区，最有名的是沈太福的长城公司非法集资案，是北海的烂尾楼。1993 年年中，政府下狠招进行宏观调控，整治银行乱拆借，下军令状要把通货膨胀拉下来。

管金生认为，在这个时候，财政部不会再从国库里往外掏出 16 亿元来补贴"327"国债，因为到 1995 年初，通货膨胀已开始回落。

于是，管金生决定率领万国证券对"327"国债看跌。

看涨派获得的消息是贴息会成为现实；看跌派获得的消息是不会贴息，不仅如此，保值贴补率还可能下调。用尉文渊的话来说："两者的消息渠道可能不一样，但双方都很自信。"因此，双方早已剑拔弩张。

这一点，春节前后"327"国债的持仓变化和辽宁国发在 2 月 23 日上午的动作就已显露无遗。

1995 年 2 月 7 日，也就是春节后上班的第一天，尉文渊又一次出访美国和澳大利亚。按照邀请方的安排，他将于 2 月 28 日飞回上海。

工作的责任心让身在国外的他深感不安。最终，他临时决定改签机票提前回国。

1995 年 2 月 21 日，他到墨尔本机场临时换机票，由香港中转换成当天 19 时 30 分的东方航空飞上海的飞机。由于航班延误，等飞机降落上海虹桥机场时，已经是 22 日凌晨了。

急着往回赶的尉文渊，全然没有想到，他这样披星戴月赶回来的结果，是遇到了一场改变他人生命运的金融风暴。

2 月 22 日下午，尉文渊去交易所上班，海通证券总经理汤仁荣跑了过来。"小尉，现在他们两派打得很厉害，弄不好要出事。"汤仁荣向尉文渊提供信息，看涨派与看跌派对峙的焦点集中在"327"上。这引起了尉文渊的警觉。

尉文渊一查，春节前后"327"国债持仓相差两倍，节前只有近 50 万口，节后达到 150 万口，这说明两派确实打得很激烈。

在尉文渊看来，150 万口的持仓已经很高了。他果断决定：第二天 10 时 30 分开会讨论交易所关于国债期货交易风险控制的新制度。

1995 年 2 月 23 日上午，还没等到开会，辽宁国发出手了。

"尉总，场内出现异常情况，有个席位抛出了 200 万口！"23 日上午开会前夕，尉文渊忽然接到了交易部的电话。

交易部告诉他，一家叫"无锡国泰"的期货公司席位违规抛出了 200 万口大单。

无锡国泰期货是什么情况？在尉文渊看来，无锡国泰不是什么大公司，甚至他都没有注意过。再仔细一查，原来是高岭他们干的！高岭和高原兄弟俩是辽宁国发的幕后老板，"327"事件东窗事发后，兄弟俩就此销声匿迹了。

所以，当听到管金生的第二个要求时，尉文渊愣住了。

"没有接到文件是什么意思呢？到底是有还是没有？上海证券交易所没有权利发出这种模棱两可的通知，由此蹚入多空争执的浑水儿。"尉文渊想，如果此通知一出，作为"三公"原则的遵守者的上海证券交易所会因此被推上很尴尬的位置，这显然是不可取的。

这一要求再次被拒绝了。

"那能不能把交易停下来？"管金生第三次发难。

"老管，我有什么理由把交易停下来？再拿什么理由恢复交易？什么时候恢复交易？你告诉我这个事情怎么做？"

此时的尉文渊心里明白，上海证券交易所没有任何理由对市场传闻做任何动作，也没有任何理由停止下午的国债期货交易。即便是"327"事件当晚，财政部国债司还打电话过来，要求保证第二天正常交易。

就这样，管金生离开了。

交易结束了，结算要开始了，怎么办？

根据规则，国债期货收市后开始清算，上海证券交易所根据浮动盈亏计算会员的保证金损失，不足部分需要追缴。此时，工作人员在焦急地等待尉文渊的决定。

"不能动，今天的交易结果先不要发出去。"尉文渊告诉工作人员。

思考了一会儿，尉文渊从桌子上的打印机里随手抽出一张打印纸，是一张少了半边的残缺的打印纸，写下了这样一行字：

"经初步调查，发现'327'国债期货出现严重蓄意违规迹象，交易所正在作进一步调查了解，请各会员单位等待通知。"

写好后，他告诉工作人员立即将此通知发出去。而"严重蓄意违规"，成为后来调查组对"327"国债事件的性质认定。

尉文渊心里明白，这事儿是万国证券存心搞的。

通知发出去了，他立即拿起电话，拨通了管金生的电话。

"管总不在。"管金生的秘书回答。

"叫管总马上给我电话。"尉文渊一听秘书的回答立刻火冒三丈。

电话通了。

"你在哪儿?"

"在外面。"

"今天场内发生的事儿你知不知道?怎么回事?"

"我不知道。"

"这么大的事情你不知道?"

在尉文渊的一再追问下,管金生无法再兜圈子了。

"公司几个年轻人,很义愤,说多方利用内幕消息……"管金生在电话那头说。

"你马上过来!"

为何取消交易结果?

此时的尉文渊面临一大难题:如何处理这笔交易?

"电脑成交了,怎么办?我当初脑子里出现一个概念:这个交易不能算!"尉文渊的第一反应是想到了取消最后7分47秒的交易。

有人算过一笔账,按照1995年2月23日16时22分13秒的交易价格151.30元到期交割,万国证券赔60亿元;按147.40元的收盘价算,万国赚42亿元。

当晚,管金生和尉文渊就"算"与"不算"发生了激烈的争论。

尉文渊认为,违规交易的结果是有问题的,而管金生坚持要算这笔交易。"这个交易一算,利益格局就会发

生变化，关键是鼓励了违规，我不能鼓励违规。"尉文渊
这样想。

根据统计，2月23日收市后，"327"国债的持仓总
量高达1400万口，如果1995年单边计算，则约合人民币
2800亿元，是"327"国债相应的现货债券的12倍。熟
悉期货交易的人都知道"钱永远比货多"的道理。如果
算上最后8分钟交易，那么市场的波及面将非常大，而
后者正是尉文渊所顾虑的。

"第一，市场波及面会大好多，一大批机构都会垮，
甚至银行也会受到影响。"尉文渊说，"第二，违规交易
造成的利益格局改变是不能被认可的，否则就变成了鼓
励违规。当然，还有一个很大的问题，就是不要造成社
会影响，影响金融改革的进程。"

就这样，"取消最后7分47秒的交易"决定下来了。

通知已经写好了，尉文渊要求暂时别发。

1995年2月23日22时，上海证券交易所最后作出
作废交易的决定。

尉文渊一个人在大厅里坐了一个小时，要自己稳定
下来。他明白了不这样不行，必须得这样干。23时，他
正式下令，将这个决定经卫星传向全国。

这一天，尉文渊一分钟也没有休息。

1995年2月24日，财政部贴息公告见报。上海证券
交易所"327"国债期货价格开盘涨5.4元，达152.8
元；而其他市场上"327"国债的价格在154元以上。

1995 年 2 月 27 日和 28 日，上海证券交易所开设"327"国债期货协议平仓专场，暂停自由竞价交易。

取消国债期货上市

谈到 1995 年的股市行情，就不能不谈国债期货。这一年，我国的国债期货市场有了重大发展，经过 5 年的耕耘，终有所成了。

当初，建立国债期货市场，目的很好，也很清楚：套期保值、规避风险、价格发现等，这些都是基本的市场功能。在很长一段时间内，市场发展也是基本健康的。

然而，众多问题也随之而来了。有的甚至危及期货市场本身的生存基础。最后，国债期货终于酿成了震动全国的"327 风波"。

期市监管，拔剑出鞘，红灯闪烁，警笛频吹，最后决定：关闭！

1995 年 2 月 23 日，这是国债期货市场开市以来，行情变化最大、最激烈，形势最险峻的一天。

"327"国债异常波动，在尾市，空方大笔封杀，令市场目瞪口呆，措手不及。

上海证券交易所宣布，1995 年 23 日 16 时 22 分 13 秒以后，"327"国债的所有成交无效。该部分成交不纳入计算当日结算价、成交量和持仓量的范围之内。

同时，上海证券交易所还作出决定，对国债期货实行涨跌停制度。

　　紧接着，2月26日、3月30日、5月15日，证监会先后发出了3个紧急通知，分别是：《加强国债期货交易风险控制》《落实国债期货交易保证金规定》《要求各国债期货交易所进一步加强风险管理》。

　　事后给出的定性是，"327"事件是一起在国债期货市场发展过快、交易所监管不严和风险控制滞后的情况下，由少数交易大户蓄意违规、操纵市场、扭曲价格、严重扰乱市场秩序，所引起的国债期货风波。

　　1995年9月20日，监察部、中国证券监督管理委员会（简称证监会）等部门经调查，对此事定性并对有关单位和责任人作出处理。

　　由此，还引出一个重大的政策性判断：目前从各方面情况看，我国不具备开展国债期货交易的基本条件。

　　这就等于说，国债期货这辆"车"，根本就没有上路的资格，就先让它退下来吧！

　　证监会对国债期货的监管令一个比一个急，一个比一个硬。

　　据不完全统计，从1995年3月29日至5月19日，证监会、上海证券交易所及有关部门下发的有关通知、决定等，就有30项之多。

　　1995年5月12日，上海证券交易所宣布，国债期货暂停开设新仓并减仓。这已是严厉而又戳到要害了。

　　可是，当日公布的6月保贴率为12.92%，又给期市多头火上浇油。市场更加疯狂，违规者接二连三，飞蛾扑火，前赴后继。

为严肃纪律，到1995年5月15日，上海证券交易所已先后对"甘肃农信"等9家会员作出处理决定：停止其国债交易资格并处罚款。但是，空头平仓助涨，后市继续上扬。

5月16日，传媒公布证监会的通知，称国债期货交易规矩，谁也不得违犯。

不过，期市还是上演"多杀多"剧情，市场已失去理性。

5月17日，证监会鉴于中国当时不具备开展国债期货交易的基本条件，发出《关于暂停全国范围内国债期货交易试点的紧急通知》，开市仅两年零六个月的国债期货无奈地画上了句号。中国第一个金融期货品种宣告夭折。

5月18日起，在全国范围内暂停国债期货交易试点。《关于暂停全国范围内国债期货交易试点的紧急通知》用词严厉，口气坚决。

5月18日，证监会再次发出紧急通知，以防大量投机资本到处乱窜，在国债期货交易暂停后，转入其他品种炒作。

历史上任何一次炒作狂潮，最后都是以一片狼藉为代价。

18世纪，荷兰炒郁金香；20世纪70年代，长春炒君子兰；20世纪90年代，沪深炒股票认购证，都造成一部分人暴富，而另一部分人暴贫。

这种"零和游戏"进行的社会财富再分配，其风险程度已远远超出了社会的承受力。

在"327"事件出现和关闭市场前后，国际期货界也相继发生了两起重大事件，更令人目瞪口呆：

第一件，1995 年 2 月下旬，英国巴林银行业务员里森，在日经期货指数交易中做多失利，浮动亏损达 10 亿美元之巨。一个 20 多岁的小青年，在不经意之间，致使有 200 多年历史的巴林银行倒闭。

第二件，1996 年 6 月，日本住友商事公司，在国际铜期货交易中摔了大跟头，亏损了 18 亿美元。

当然，还有后来 2005 年 12 月，中国航空油料集团有限公司（简称中国航油）炒期货，陈久霖失手。

国内的期货操盘手连番折戟海外的消息，引起了轩然大波。

调查处理违规交易案

1995 年 2 月 27 日和 28 日，上海证券交易所开设期货协议平仓专场，暂停自由竞价交易。

在财政部发出贴息公告后，"327"国债价格上升 5.4 元，其他市场上"327"国债的价格在 154 元以上，而上海证券交易所前周末的收盘价为 152 元。多空双方意向相差较大，协议平仓困难重重。27 日，协议平仓只成交了 7000 多口，而"327"国债持仓量高达 300 多万口。

2 月 28 日，上海证券交易所再次强调：

> 对超规定标准持仓的将采取强行平仓，平仓价将参照 27 日、28 日场内协议平仓的加权平均价来确定，大约在 151 元左右，致使平仓交易开始活跃，28 日平仓 140 万口，"327"国债占 85% 以上。

3 月 1 日延期一天进行协议平仓，当天平仓量达到 80 万口。3 月 2 日虽然不设平仓专场，但"327"国债平仓仍达到 25 万口。经过几天的平仓，使"327"国债持仓量有了较大的减少。

"327"事发后，上海东广金融电台开播，管金生被列为邀请对象参加了开播仪式。管金生到达会场时，仪式已经开始了，宾客都已就座，竟然没有一人与他打招呼。

众目睽睽之下，管金生站了足足有 5 分钟，最后还是一位境外证券商的代表实在看不下去，站起来与他打了个招呼，并腾出一个位子让他坐下。

这种尴尬的局面并没有维持多久。

上海证券交易所宣布交易无效，这就出现了万国原有亏损如何处理的问题，就是说万国必须破产。在这种情况下有人提出来要保护国企，不能让万国破产。此后，在地方财政的鼎力挽救之下，万国被并入上海另外一家地方性券商申银之中。这就是后来的申银万国证券公司。

"327 事件"震撼了中国证券期货界。在仲裁机关的调解下，2 月 27 日、28 日进行了协议平仓，但效果不甚理想，3 月 1 日又进行了强行平仓。局面刚刚明朗，又值两会召开，对"327 事件"责任的追究成为人大代表、政协委员关注的焦点。

之后，中纪委、监察部会同证监会、财政部、中国人民银行、最高人民检察院等有关部门组成联合调查组，在上海市政府配合下进行了 4 个多月的调查，在此基础上作出了严肃处理。

万国证券公司进行了改组，董事长徐庆熊、副董事长兼总裁管金生同时辞去所任职务。管金生锒铛入狱。"327 事件"的二号主角辽宁国发，由来自沈阳的高原、高岭兄弟主持。"327 事件"后，为了挽回巨额亏损，辽宁国发于 3 月份又试图翻本，继续在债市炒作"329"品种，结果再度亏损。辽宁国发案不仅是证券期货违规问题，还有金融诈骗等严重犯罪，涉及金额数百亿元，受到了严厉制裁。

"327 事情"之后，各证券交易所采取了提高保证金比例，设置涨跌停板等措施以抑制国债期货的投机气氛。但因国债期货的特殊性和当时的经济形势，其交易中仍风波不断。

5 月 17 日，中国证监会鉴于中国当时不具备开展国债期货交易的基本条件，作出了暂停国债期货交易试点的决定。

至此，中国第一个金融期货品种宣告夭折。

转配红股上市事件

1995年5月19日星期五，沪市轻松越过800点整数关，以当日最高点855.81点报收，再次上扬92.30点，日涨幅达12.09%，放出98亿巨量。

当日《上海证券报》喜气洋洋地发表了题为《股市重返龙头地位》的文章。

休市两天后，5月22日星期一，两市再续升势，上证指数收于897点，深证成指收于1425点。沪市成交金额达到114.30亿元，创1995年1月1日实施"T+1"交易以来的天量，也是"T+1"以来成交金额首次突破100亿元。

随后几天，因浦东概念股回调整理，多空双方于900点附近拉锯。这就是5月18日至5月22日3天的行情。其升势之快、手法之凶狠，与期市上的逼仓如出一辙，显然是被封杀的期市炒手们入股市抢盘。

面对如此火爆的股市行情，5月22日召开的国务院证券委第五次会议马上宣布1995年的股票发行规模将在二季度下达。

5月23日消息公布的当天，沪市跳空106点以791点低开，在750点报收，跌幅16.39%。深市跌得更惨，跌幅达16.9%，成交较前日均减去三成。一时间，盘面绿如蓝。

1995 年 8 月 21 日，距 "327" 事件仅半年，上海证券交易所再次成为焦点，而此次的主角依然是中经开。1995 年 7 月 24 日，四川长虹公告配股说明书：以总股本 23 781.876 万股向全体股东按 10 比 2.5 配股，配股价 7.35 元。由于法人股股东长虹机器厂等放弃配股，公众股股东还可以按 10 比 7.41 受让法人股转让的配股权。

长虹当时配股的主承销商为中经开，副承销商为上海申银万国证券和上海证券。配股采取余额包销制，未被认购的配股和转配股部分均由承销商负责包销。

配股说明书明确告诉投资公众：

社会公众股部分于 8 月 14 日上市流通。

根据国家有关政策，在国务院就国家股、法人股的流通问题未作规定以前，社会公众受让的法人股转配部分暂不上市。

长虹在实施配股的第二天即 8 月 15 日，发布分红派息公告，确定按配股后的股本每 10 股送红股 7 股，派发现金红利 1 元。

8 月 16 日，受送配股利好刺激，长虹股价一路上涨。8 月 21 日，长虹红股除权上市的第一天，在股价稍做涨升后迅即跳水，当天报收 9.92 元，下跌 7.85%，成交 3564 万股。以正常的流通股推算，当日的换手率高达 28% 。

22 日，长虹股价再跌 2.87%，成交 1400 万股。有投资者不经意间发现长虹转配股红股居然可以参与交易。市场顿时哗然。

8 月 23 日，《中国证券报》在头版刊登了 12 位股民联合署名，题为《长虹转配红股上市是怎么回事》的读者来信。一石激起千层浪，当天，上海证券交易所公告长虹股票停牌半天。

24 日，《中国证券报》披露，证监会正式介入调查此事，长虹股票连续停牌。

25 日，证监会对长虹转配红股上市事件作出裁决，认定此事件违反有关规定，将上海证券交易所的作为定性为"工作失误"。

同日，上海证券交易所发布通知，根据有关部门要求，在证监会连续调查核实长虹事件有关情况期间，其股票连续停牌。如此，长虹股票从 8 月 23 日下午一直停牌了两个多月，直到 11 月 6 日证监会作出处理决定后才于 11 月 9 日复牌。

三、 不断完善

● 上海股市的管理者们坚信一条：发展市场，只能循着市场规律去做。

● 年轻的上海股市，终于以"小步快进"的艺术，甩掉拐杖，摇摇摆摆地挺立起来。

● 一时间，上海滩一片叫"股"声，人人都说股票好，整个上海股票市场开始疯狂了。

上交所面临的困难

中国的证券市场是在特定的时期、在特定的环境下发展起来的，应当用历史的眼光来看待这个发展过程。

上海证券交易所是 1990 年在时任上海市市长朱镕基的直接领导下成立的。一直到 1991 年 11 月以后，江泽民、李鹏等中央领导相继来上海证券交易所视察后，尉文渊他们才感到政治上的压力减轻了。

但是，市场仍旧留下了不少时代的痕迹。比如，中国证券市场特有的国家股、法人股问题。

证券市场之所以敏感，首先涉及生产资料公有制这一敏感问题。当时，根据《宪法》规定，公有制占主导地位。此时企业上市就意味着企业的所有权，通过其股权形式，谁都能够随便地买卖，任何人都可以持有。特别是国有企业发行股票，吸纳社会资金，国企的产权变成了商品，这是过去所绝对不允许的。

即使是按照尉文渊对改革的认识，发展证券市场也不能影响以公有制为主体的这一指导原则。所以，早期的股份制公司都强调国有股或法人股占大股。

基于 20 世纪 80 年代思想界、理论界对经济体制改革的认识，搞股票市场既要利用资本主义生产方式的积极成果，通过股票市场来筹措资金，又要坚持公有制为主导，所以发展股份制要国家占大股，或是全民、集体所有制性质的企业法人持有主要股份，在所有制成分上做了很多文章。而且为了防止国有资产流失和保持控制权，这些股份不上市流通。

如同中国改革注定要经历一个新旧体制并存的阶段一样，上海股市起步之初，也曾采取过带有浓厚行政管制色彩的措施："涨跌停板"，即对每天的股价涨跌幅度作出限制。

不能否认这种做法的良苦用心，也不能否认这种做法在一定时期内的积极意义。但是事实证明，这种做法并不能培育起真正意义上的市场。特别是在股市运作一段时间以后，这种善意的保护已弊大于利。

在上海股市投入运作的第一年，人们炒来炒去就是"真空""延中""飞乐""兴业"等"老八股"。一方面，股票的供应与需求严重失衡；另一方面，由于涨跌限幅，造成股价有升无降，越来越多的人走入"买到股票就能发财"的误区，"企业的经营业绩"等问题几乎根本不在他们的考虑范围内。于是，常常是有价无市，市场交易趋于萎缩，正常预期无从形成。

而在这样一种畸形的局面下，股份制试验的积极效应，又怎能充分显现？

市场对不合其秉性的操作是注定不留情面的。这一年，上海股市的日均成交额是一个非常可怜的数字：316万元。

实践向股市管理者提出了挑战。

显然，在股份制究竟应不应该搞的大前提尚未确定的情况下，在放开股票价格可能给社会带来什么样的影响还难以料定的情况下，在来自方方面面的反对、担忧、疑虑等的重重包围下，孤军深入，是要冒很大风险的。

但是，上海股市的管理者们坚信一条：发展市场，只能循着市场规律去做。

于是，1992年4月，尉文渊上书上海市政府有关领导，在对放开股价的必要性、步骤、可能出现的情况，以及准备采取的对策等作了简要陈述后，立下"军令状"："如果有哪些部门怕承担责任的话，作为交易所的总经理、法人代表，我要求市长授予全权。若发生大的问题，请撤销我的总经理职务，绝无怨言。"

这封由专人送往市政府的信件，很快又带着市领导的批复回来了。紧接着，一连串重要举措相继出台：

4月13日，继"延中"和"大飞乐"两种股票试行放开股价之后，"真空电子"等3种股票每日涨跌限幅由1%调为5%。

5月5日，所有上市股票的每日股价涨跌限幅，一律放宽为5%。

5月21日，全面放开股价，实行自由竞价交易。

市场机制的调节作用立即显现出来。5月20日，上证综合指数还只为616点，到月底，这一指数已达到创纪录的1420点，10天内上升了800点。随之而来的，是市场交易空前活跃的兴旺景象。

年轻的上海股市，终于以"小步快进"的艺术，甩掉拐杖，摇摇摆摆地挺立起来。

证券交易对传统的计划经济管理体制产生了巨大的冲击。资本市场一开，那种高度集中统一的计划经济管理体制、资源分配体制被冲破了。这意味着企业可以通过市场去筹集资金；资源配置也可以脱离国家高度集中的管理体制，通过市场流动完成。这个问题在 1990 年、1991 年非常突出。

此时是地方划块管理的，资金异地流动受到严格控制，金融机构是不能去异地发展的。

然而，在上海证券交易所开业的第一天，就有浙江凤凰这样的外地公司在上海挂牌交易，上海以外的投资人也可以在上海市场自由参与投资，上海证券交易所开业时的 16 家会员中就吸纳了北京、浙江等外地的金融机构。这都是对传统管理体系的一种冲击。

浦江饭店旁边设立的是爱建证券营业部。尉文渊经常凌晨 1 时才下班回家，看到许多投资者在证券营业部门口排队。在 5 月至 6 月，他们干脆就拿着躺椅，睡在那里。尉文渊问他们为什么通宵排队？投资者回答说，他们是在排队领委托单。因为跑道太少，证券公司的工作人员只能完成有限的交易委托，往往保证大户，不管散户。如果领不到委托单，散户就只能花 250 元的黑市价格去购买上海证券交易所规定的只有 1 元工本费的委托单。

金融主管部门按照规定管理金融机构的设立问题，无可厚非的，但是市场存在这样严重的问题，也必须想办法去解决。商量来，商量去，正在这个时候，《上海证券报》刊登了一封读者来信，建议搞一个临时的证券买卖场所，以缓解广大股民买卖股票的难题。尉文渊觉得这个建议不错。这时候又有人建议，文化广场空着呢，可以用。尉文渊去看了看，也认为可以用，于是就开了一个临时各证券交易网点。

文化广场是一个很简陋的证券网点，但它能够方便买进卖出。这里没有行情显示屏，就采用广播播报行情，尉文渊本人也去播报过行情。

文化广场培养了一大批股民，尉文渊他们后来吸收的外地会员单位大都是从文化广场出来的。文化广场坚持了半年。1992 年邓小平南方谈话对当时体制改革产生了巨大推动作用，到文化广场关闭的时候，上海的证券营业部已从之前的 10 多家发展至 60 余家。

在搞上市公司试点时，起点相当低，大中型国有企业基本是禁区。

以中国最早的上市公司上海"老八股"为例，除了真空电子，其他全是乡镇或街道工厂。最小的爱使，上市的时候只有 40 万股本，还不如一个中户投资者的资金实力。这些企业几乎没有什么主导产业，大多是为了给返城"知青"等安排就业的街道企业。"老八股"局面维持了将近 1 年，直到 1992 年初上海扩大试点，才新增了 30 多家上市公司。1993 年，上市公司才扩大到全国。

事后尉文渊总结，在那个年代破天荒地搞证券市场，发展环境如此狭小，也许只有以这种方式，证券市场才能立身，才能站住脚。

上海证券交易所开业时，刘鸿儒和龚浩成都对尉文渊说："半年内不出问题就是胜利。"

后来，尉文渊说：今天回过头看，股票市场已经产生的政治、经济影响如此巨大，恐怕在 10 年前是没有人会预见到的。

管理者设法扩大规模

上海证券交易所刚建立起来的时候，管理者认为能做到不出事就是成功，也就谈不上什么发展市场，政策环境也没有给它发展的空间。但是，上海的民间投资热情很高，逼着上海证券交易所的管理者们必须向前走。

1991 年，在股份制试点范围很小的情况下，上海股市关门练"内功"，建立了以电脑自动交易、无纸化、中央结算为核心的业务技术体系。

对于他们搞的这些东西，在海外的证券市场没有什么可以借鉴的经验，他们也没学过，经验都是在市场运作实践中逼出来的。这使中国这个新兴、年轻的市场有了一个较高的发展起点。

如果没有这样一种业务和技术体系，那么中国股市要发展到今天的规模，运行效率和成本都将是一个很大的问题。可以这么讲，这套体系是全球证券市场的制度创新和技术创新，使上海股市得以跻身于全球新兴资本市场的前列。深圳证券交易所的业务技术系统与上海略有不同，但在全球市场体系中也是十分先进的。

1992 年，上海股市花了很大精力推动市场化进程。1992 年初，尉文渊到美国全面地考察了那里的证券市场。在那个成熟的市场上，他清晰地体会到了两个特色：一是市场开放，二是市场竞争。

刚好在这一年的春天，邓小平南行，3月朱镕基又在厦门召集上海、深圳两地汇报证券市场工作，批评了上海的不足。

尉文渊他们很快就开始着手解决上海股市发展的问题。

第一步就是放开股价。当时基于对市场风险的认识和控制，交易所主要靠行政性的涨跌停板手段，外加一个流量控制。说到这些，大概只有老股民能知道它的内涵。放开股价的意义在于尊重市场，充分利用市场规律调节市场。这看来是个很浅显的道理，但是在中国证券市场刚起步时做这件事情却很不容易。

尉文渊花了很长时间做有关部门的工作，但阻力很大。最后迫不得已，他自主作了全面放开股价的决定。

从1992年2月5日起，尉文渊采取了谨慎的态度，实行小步快走的方法，逐步放开股价。

2月18日，上海证券交易所先放开了延中、大飞乐两家的股价。结果，饥渴难耐的股民蜂拥入市，两股价格大幅飙升。延中从前一天的98.90元上涨到收盘时的168.40元，升幅为70%；大飞乐从前一天的1091元升至1599元，升幅为46%。

4月13日，上海证券交易所又放开小飞乐、电真空、凤凰，但限制涨跌幅为5%。其后几只也采用此法，股价开始平稳，涨跌也较为有序。

经过这么几个步骤，到1992年5月21日，股价实现全部放开。

对于尉文渊这么做，不少人有意见。有些人还提出要撤他的职。他本人也知道擅自"闯关"，个人可能要付出代价，于是，他在给市领导写信时也坦言准备被撤职。

市场价格放开后，交易明显活跃了，但是当时的市场规模太小，造成股价畸形上涨，尽快扩大上市公司规模就成了主要矛盾。

从5月21日开始，饱受涨幅控制的上市新股突然爆发行情，成倍上涨。前段处于盘整中的老股也牛性大发，大幅上扬。上证指数从20日的616点，直升到21日收市的1266点，日涨幅达105%。这一周上涨795点，周涨幅146%。

到5月25日，上证指数已急剧上升至1420点。

此时，整个上海证券交易所的"老八股"股票严重供不应求。整个1992年，沪指涨幅166%，也是涨幅最高的一年。

受涨停板制度的限制，股票压抑已久的能量在瞬间释放。其中，轻工机械涨幅最大。5月20日，它的收盘价为36元；5月21日，便跳高以195元开盘，以205.50元收盘，涨幅为470.83%。

其他股票也都跟着疯涨，当日股指升幅惊人：异型钢管为382%；嘉丰股份为328%；二纺机为312%；联合纺织为192%。

由此，上证指数以及上述个股，不论绝对涨幅还是相对涨幅，都创下了股市空前绝后的纪录。

一时间，上海滩一片叫"股"声，人人都说股票好，整个上海股票市场开始疯狂了。

管理层心里也发慌了：虽然对放开股价有所准备，但未料到市场会如此迅猛，如此狂热。该怎么办？刚刚说放开股价，又不能立即收回成命。可眼瞅着股市如此疯狂，完全放手也不行。

好在当时上海扩大本地股份制试点范围，一下有 30 多家公司发行股票准备上市，使这一矛盾得以缓解。

但投资者对大批新公司上市不适应，从当年 6 月开始，股价开始连续下跌。

8 月 10 日，上证指数跌破 1000 点心理大关，拉开了狂跌的序幕。

12 日，沪市崩盘，最低跌到 590 点。收市时虽然拉升到 781 点，但是，三天暴跌跌幅已达 22.30%。市场大伤元气，熊气弥漫。

管理层见跌得有些过头，便又开始设法提升股价：组织机构入市托盘。

但人们心存余悸，大市仍按惯性下滑，一直跌破 400 点才止住。

1992 年 11 月 17 日，沪市创出 393 点新低，氯碱化工跌破发行价。物极必反，市场已跌无可跌。

此时，尉文渊作为投资者看得见的市场管理者，承受着极大压力。就中国的经济规模和长远发展潜力而言，区区二三十家上市公司实在算不上是一个大数目，尉文渊他们必须闯过"扩容"这一关。

上海证券交易所顶着巨大的市场压力坚持不懈地扩大市场规模，到 1992 年底，上市公司总数已将近 60 家，完成了上海股市的第一次规模扩张。

伴随着市场规模的扩大，投资者人数也大幅度增长。上海证券交易所开始大批地吸收全国各地的证券经营机构为新会员。

按此时的金融管理规定，金融机构是不可以异地设置机构开展业务的，上海证券交易所大批吸收异地新会员属于"大胆试、大胆闯"的行为。

采用新技术进行交易

在上海证券交易所刚筹建时，尉文渊就跟深圳证券交易所筹备组的负责人讨论过交易方式，他们想先做上板交易，然后是书面申报，再是口头竞价，再发展到电子交易，走的是一个循序渐进的过程。

但是，尉文渊觉得现代科技发展这么快，总不见得再重复几十年前的交易方式，听说新加坡等新兴市场在推行电子交易，所以他就提出在上海证券交易所开展电子交易。

无纸化就是在电子交易这个基础上派生的。当时怕暴涨暴跌，怕投机倒把，怕大鱼吃小鱼，怕尔虞我诈，所以证券交易所一开始采用严格的涨跌停板控制，股票价格每天涨一点点，加之供求关系严重失衡，结果滋生了场外交易、黑市交易。

此时，场外黑市交易非常猖獗，如果场内每一股是50元，那么场外可能是150元。黑市交易出现以后，1991年初春，上海"两会"期间，人大、政协提案，说这是投机倒把，影响社会稳定。

尉文渊他们马上研究，如何管理场外股票交易，怎么管？交易所出了一个过户规定，凡未经场内交易的股票，不能过户；未经合法过户的股票，不能再进场交易，即使拿了股票实物，也不被承认。

就是说，证券交易所不光认股票，还要认过户记录，这一下股票就显得不那么重要了。之后，在交易过程中大家开动脑筋思考，他们想到了信用卡电子货币方式，搞了一个股票账户，把持股数记录在电子账户内，买进即增加，卖出即减少。

有了股票账户后，股票实物在交易中就没有用了，于是交易所强行规定，要求股票持有人把股票交回来，全部转换成无纸化交易。

同电脑交易一样，股票无纸化交易也具有世界领先意义。

无纸化交易本来是为了打击当时猖獗的黑市交易，股票实物转化成"电子股票"，在交易所电子交易系统中集中存放、统一划转，黑市交易就会失去市场。

但是一开始，股东们把股票当成"传家宝"，都不肯上交；一些柜台网点也拒不执行交易所的规定。

于是，尉文渊宣布："股票没有上交，没有换成电子股票的，一律不得在场内交易。"

此时，上海兴业房产正开始发行股票实物券。尉文渊坚决不予放行，最后兴业房产仅印制了30%的股票，并全部封存于上海证券交易所仓库内，作为上海证券交易所外事活动的礼品、纪念品。从兴业房产以后，上海发行的所有股票一律采用无纸化。

尉文渊"我是受到了货币电子化的启示。当时根据国际趋势，银行正在解决现钞流通的问题。"

令尉文渊更为得意的是，无纸化交易、中央结算系统不仅大大提高了交易系统运行效率，使复杂的交割过户流程在买卖的瞬间完成，而且"它绝对环保"。尉文渊说："如果是实物交割，按现在每天几千亿的交易量，这需要多少张纸头啊？再加上印刷、防伪、防盗成本，该造成多大的社会财富浪费啊！"

后来，这个无纸化交易系统被引入到国库券的发行交易中。尉文渊说："国债的无纸化交易就是从我们这里受到的启发。"

无纸化使交收期大大缩短。上海证券交易所开业的时候，规定是"T＋4"，也就是说今天成交，第四天才完成交收。按照不允许买空卖空的规定，必须拿到钱和股票，才能再进行买卖，市场效率比较低。无纸化以后，缩短交收期就简单了。

1991 年 10 月以后交收期改成了"T＋1"，现在实行的就是"T＋1"。1992 年，电子计算机交易系统改造升级。一个澳大利亚的专家跟尉文渊说："尉先生，新交易系统可以做到随时过户，就是'T＋0'"。尉文渊一听，有点儿惊讶。专家接着说："你刚买进，马上就可以卖出，这也符合你们不准卖空的原则。"他问尉文渊采纳不采纳。尉文渊觉得挺好，就和当时上海证券交易所的理事长、交通银行董事长李祥瑞同志商量。李祥瑞也觉得这个跟投机不投机没有必然关系。所以，从 1992 年 12

月，上海证券交易所实现了"T＋0"。

上海证券交易所成立后，股票交易空前活跃，街头上出现了倒卖股票的"黄牛"。当时上海证券交易所设立了清算部，负责交易过户等事务。每天闭市后，人们会带着大量实物股票来办理转让过户手续。一开始，他们还是用拷克箱装实物股票，后来发展到每天一万多笔交易，来办过户手续的投资者只能用麻袋装实物股票。工作人员天天忙到下半夜，这给交易所的正常运转带来很大的压力。另外，实物股票交易还因为投资者不熟悉交易规则以及"黄牛"猖獗，造成股票实际持有人与注册股东脱节，甚至在手工过户中发现了股票账实不符的现象，成为交易所健康发展的一大隐患。

正是在这样的背景下，"无纸化"交易应运而生。股票的"无纸化"交易，在当时只有境外专家在理论上讨论过其具体实施的可行性，无论中外都是史无前例的。

为了方便投资者，促进交易所的发展，尉文渊才做了大胆的尝试。

他不但敢于冒着风险作决策，还亲自动手，又是画表格，又是连夜开会，发动员工一起想办法、出点子，创造性地提出了用股东账户代替实物股票记录股东股权和交易情况的方案。

股票无纸化一实施，不仅大大方便了股票交易的清算业务，也使跨地域交易成为可能。不久，从福州证券交易中心开始，上海证券交易所纷纷开通了各地证券交易中心的交易热线，交易量倍增。各地新股民有机会参与上海的证券交易市场，也使上海证券交易所以最快的速度走向全国，成长为一个全国性的证券市场，为中国证券市场10多年来的飞速发展奠定了基础。

不久，上海证券交易所卫星数字广播系统投入运行。该系统由上海证券交易所、上海高智科技开发公司、上海新华电脑电子信息公司3个单位联合研制成功。

系统的基本特点是将计算机产生的数据通过地面主站发上卫星，利用通信卫星的覆盖能力加上计算机软件技术，实现"一点发送、多址接收"辐射至全国各地的用户小站，并进入用户计算机。系统同时实现了采用计算机技术与卫星通信技术相结合，将立体声音频节目数字化传送至全国各地用户小站的功能。

由该系统实施建成的上海证券交易所卫星数字广播网业成为当时全国最大规模的单向计算机卫星通信网，是国内证券业不可缺少的专用业务网。它使上海证券交易所彻底解决了数据通信方面的瓶颈问题，是从技术上促使证券交易"公正、公平、公开"原则进一步实现的新成果，使用户在安全性、保密性、时效性等方面得到了技术支持，创造了良好的证券投资和交易环境，为上海成为全国的证券、金融中心起到了关键的技术保证和推动作用。

在该系统建成之前，国内尚无类似系统在应用，国外的技术也只是后来才成熟起来的。该系统紧紧结合计算机通信技术的概念和应用需要，实现了更新、更有意义的技术特点。

由于该系统在个人计算机上配置了专用高速同步通信卡，为计算机数据通信带来了更好的应用推广前景。

当时已完成了动态、静态数据发送，文字发送包括静止图像画面的发送、文字通告的传送、《上海证券报》和《文汇报》的卫星传版异地分印等方面。

管理者推出国债期货

1992 年 12 月，上海证券交易所开始搞国债期货。当时尉文渊通过多次国际考察，对国际金融市场有了比较多的了解，感觉应当有金融工具的创新。

在当时的体制框架内和认识水平上，搞股票指数期货是不可能的，而国债的发行正在受到国家大力鼓励。尉文渊觉得通过金融工具创新，能够带动国债市场的发展，这是比较容易获得高层的支持的；而国债是固定利率，风险会小一些，搞期货比较容易控制。

1992 年底，国债期货正式推出，交易情况并不是很好。一直拖到 1993 年年中，中央决定进行财税、金融、物价、投资、外汇五大体制改革。财政部、人民银行等派人来上海，研究在中国搞公开市场操作的问题。他们从中看到了进一步发展国债市场的机会，也觉得上海证券交易所是改革开放的产物，应该积极配合宏观经济体制改革的工作。

于是，上海证券交易所开始大力整顿和发展国债市场。一是整顿现货市场，主要是查库控制卖空；二是开办了回购业务，重点放在国债期货市场，主要改进交易组织工作，特别是加强对结算系统、保证金系统等后台部分的工作。

当时的培训一律搞"小锅饭",每次培训 10 至 15 家证券公司,从交易员到营业部经理和财务经理一起来。这样很快见了效,国债期货市场慢慢起来了。

尉文渊他们又采取了一些政策性鼓励措施,大幅度降低比如收费,到 1994 年,国债期货交易已经从过去的一天几百口上升到几万口。

1994 年秋天,国债期货发展的政策环境有了一个非常重大的变化。为了治理当时高达两位数的通货膨胀,央行出台了储蓄保值贴补政策,国债的固定利率也变成了浮动利率,国债期货的价格波动就开始加大了。

于是,国债期货的投资收益和风险迅速增加,市场交易额明显放大,全国各地的投资人都卷了进来,交易所国债期货清算保证金最高达到 140 亿元。

这股"热"一直延续到 1995 年 2 月"327 事件"的发生。

逐步完善运营体制

上海证券交易所总经理屠光绍上任之后，计划从交易所长远发展的战略高度出发，逐步建立一个开放式的、安全高效的网上证券交易平台。

上海证券交易所逐步建立健全交易所关于网上交易的相关细则；大力加强对会员机构网上交易的监管和规范；监控和打击网上违法违规行为。

上海证券交易所逐步将交易所网站建设成为网上证券信息中心，为投资者提供权威、可靠、及时的市场信息，方便投资者查询，增强市场的透明度。

屠光绍还在一次工作会议上，在谈到上海证券交易所应该如何应对网上交易的发展趋势时表示，网上交易对证券交易所在技术系统、市场监管和市场服务等方面提出了新的挑战，也为交易所带来了新的拓展机遇。上海证券交易所要以此为契机，大力推进技术、监管和服务的调整和改革，全力支持、促进和规范网上交易。

为规范网上交易业务，证监会推出了《网上证券委托暂行管理办法》。

屠光绍还在他上任的一段时间里，带领上海证券交易所对于国际证券市场网上交易的发展做了认真的研究，并对我国网上证券交易的情况做了调研。

经过调研，屠光绍分析认为：从国际上看，当时国际证券交易所都非常重视网上交易的发展趋势，纷纷建设了各具特色、信息丰富、功能较强的网站，并且适应网上交易发展的要求，积极改造交易系统，进行技术升级，调整业务模式，开展国际合作，以在证券交易的互联网时代中占据领先地位。

屠光绍还认为，网上交易的发展，将使我国证券市场的运作模式发生重大变化，原先以营业部为载体的固定场地交易方式，将逐步让位于以网络为载体的交易方式，证券交易环境将逐步实现虚拟化，这对市场运行制度、技术系统、信息披露、监管等提出了一系列新的课题。

面对网上交易的发展趋势，作为市场运行的组织者和一线监管者，上海证券交易所有着强烈的紧迫感和责任感，它从技术、监管和服务三方面着手，全力促进网上交易这一符合证券市场发展趋势和要求的新业务模式健康、快速发展。

首先，在技术方面，在加快进行上海证券交易所各技术系统升级改造的同时，上海证券交易所将深入分析网上交易对证券市场的交易、清算运行模式的影响，有针对性地进行交易、清算技术系统升级，以适应网上交易快速发展的需要；同时，根据证券交易网络化发展的趋势，加紧建设新一代交易系统，并从交易所长远发展的战略高度出发，逐步建立一个开放式的、安全高效的网上证券交易平台。

其次，在监管方面，要抓住以下重点：

第一，根据证监会的管理规则，在了解和研究境外其他交易所对网上交易的监管制度、方式和动向的基础上，结合对我国网上交易实际情况及趋势的分析，逐步建立健全交易所关于网上交易的相关细则。

第二，大力加强对会员机构网上交易的监管和规范。屠光绍强调，网上交易要发展，网上交易技术系统的规范运行和安全性非常重要，要从保护投资人利益的角度出发，将会员单位网上交易系统监管作为会员监管的重要内容，加强现场和非现场检查，要求会员单位在系统管理、数据库维护、数据加密、身份认证等方面建立规范性制度和操作程序，不断提高网上交易系统的安全性和稳定性。

第三，监控和打击网上违法违规行为。屠光绍说，目前上海证券交易所已经将网上信息纳入了日常信息披露监管的内容，下一阶段，还要进一步扩大监管范围，加大监管力度；同时要发挥交易所的作用，在大力宣传网上交易的优势的同时，教育投资者正确认识网上交易可能存在的风险。

最后，在服务方面，要在全力推进上海证券交易所信息化建设的过程中，重点加紧建设上海证券交易所网站，大力拓展网上信息传输手段，增加信息内容，构造网络化的市场服务体系，使投资人、上市公司、会员公司通过网络更好地利用市场资源。

屠光绍决定，要进一步加大网上信息披露的力度，要在上市公司年报信息上网的基础上，实施招股说明书、配股说明书、上市公告书、增发公告以及其他市场信息的网上传播工程。

屠光绍说，面对网上交易的发展趋势，上海证券交易所要不拘一格地吸引网络人才，同时有针对性地大力加强员工培训，不断增强交易所运用和发展网上交易的能力。

屠光绍还强调，网上交易的发展需要各方面的支持配合。上海证券交易所将在抓好上述三方面措施的同时，进一步开阔思路，加强协调，根据网上交易的发展趋势，对网上交易将影响证券市场及交易所发展的一些问题，如网上交易佣金制度、证券资金结算银行开展网上银行业务等进行研究。

四、 走向世界

● 1991 年年初，日本政府批准了上海证券交易
  所成为日本"指定外国有价证券市场"的
  申请。

交易所不断迎来外宾

1991 年，当美国驻上海总领事万乐山来到刚刚开张的上海证券交易所参观时，他的兴趣也许仅仅在于社会主义的中国居然也试验起股票交易了。

1994 年之后，当纽约证券交易所董事长威廉·唐纳森造访上海证券交易所时，他的兴趣就不仅仅是中国有了股票交易，他要用自己的所见所闻回答这样一个问题：

中国人是怎样创造了世界证券史上的奇迹？

设在黄浦江畔一座古老的西式建筑内的上海证券交易所，1995 年时俨然已成为这座东方大城市最能引起海外来访者兴趣的一个"新景点"，虽然它并不对公众开放。

"到上海其他地方可以不参观，但上海证券交易所一定要看。"时任美国参议院情报委员会主席的博伦这样说。

用"络绎不绝"来形容外国贵宾们前来参观访问的踊跃程度并不为过。据粗略统计，1993 年至 1994 年的两年中，上海证券交易所共接待了来自五大洲包括总统在内数以万计的外国来访者；最多的一天，就接待了 20 批海外来宾。

来访者中既有像尼克松、布什、舒尔茨那样曾在国际政治舞台上叱咤风云的人物，又有如世界银行行长、国际货币基金组织总裁、亚洲开发银行行长、美国太平洋交易所主席等一批国际金融证券界巨子。

1995 年，40 岁的上海证券交易所总经理尉文渊，可能是中国非政府高级官员中与外国名流们握手次数最多的人。而仅仅在 4 年前，他和年轻伙伴们刚刚一起创办了这家交易所。

"当时，我们脑海中有关证券交易所的知识，仅仅限于电视屏幕上看到的外国证券交易所那闹哄哄的场面。"尉文渊回忆起创办之初的情景时说，"但我们硬是凭着一股闯劲儿，挂牌上市了 8 种股票。"

一连串的数字表明，上海证券交易所的发展是与中国的改革开放和经济发展是同步的：

> 交易大厅由最初的 1 个发展到 1995 年的 7 个；交易席位由最初的 46 个，发展到 1995 年的 3000 多个；上市券种由最初的 8 种增加到 253 种；会员公司由最初的 26 家发展到如今的近 600 家……

更令人吃惊的是，4 年前日成交额不足 400 万元，此时最高日成交金额却超过 1100 亿元，大约是当初的 3 万倍。

香港资深的证券业人士袁天凡先生在访问上海证券

交易所之后发出了这样的感慨："在我的记忆中，世界上还没有哪个国家和地区能在两年多的时间里将证券市场发展到如此规模。"

对于大多数海外来访者来说，与其说是上海证券交易所的惊人业绩吸引了他们，不如说是他们从上海证券交易所的巨变中看到了中国正在进行的一场宏伟的"经济革命"和这场革命所释放出来的巨大能量。

作为一座沟通海外投资者的"桥梁"，上海证券交易所从 1992 年初以来，已陆续推出了 30 多种供境外人士投资的人民币特种股票 B 股。在上海 B 股市场开户的国际投资人中大部分为欧美地区的基金投资者。

1991 年年初，日本政府批准了上海证券交易所成为日本"指定外国有价证券市场"的申请。评论家指出，这标志着上海证券交易所向国际化迈出了具有重要意义的一步。

迎接美国总统克林顿

1998 年 7 月 1 日，对于上海证券交易所来说是一个既平常而又非常特殊的交易日，时任美国总统的克林顿在他的访华日程中专门安排来上海证券交易所进行参观访问，使得当天的上海证券交易所的交易大厅充满了一股隐隐的激动气氛。

如果说克林顿访问中国是 1997 年江泽民访美所开始的中美关系新阶段的延续，那么克林顿访问上海证券交易所就是对江泽民在 1997 年 10 月 31 日到纽约证券交易所访问并鸣锣开市的回应。

纽约证券交易所成立于 1792 年，是美国经济 200 年来发展的引擎和象征，而上海证券交易所自从 1990 年开业以后，迅速发展起来，它对中国社会主义市场经济健康、持续发展的推动作用正在日益凸显出来。

两国元首在世纪之交共同缔结两国面向 21 世纪建设性战略伙伴关系的同时，通过对纽约和上海两个证券交易所的互访，为中美两国证券市场携手面向 21 世纪奠定了坚实的基础。

纽约证券交易所第一次委派高级官员参加一个特殊的中国公司的上市仪式，1998 年 7 月 1 日 9 时 15 分，上海证券交易所迎来了第 418 家上市公司。

"兖州煤业"在香港回归一周年纪念日、美国总统克林顿来上海证券交易所参观的这个特殊的日子里上市获得了特殊的荣誉。

同时，"兖州煤业"已经在 1998 年 4 月 1 日和 3 月 31 日分别在香港和美国纽约挂牌上市了 H 股和美国存托凭证（ADR），当天在上海证券交易所上市，成为又一家同时在上海、香港和纽约三地证券交易所上市的中国公司。

作为纽约证券交易所主席兼首席执行官格拉索先生的特别代表，纽约证券交易所高级副总裁西拉·贝尔女士和副总裁詹姆斯·夏皮罗先生专程前来参加了"兖州煤业"的上市仪式。

詹姆斯·夏皮罗副总裁在致辞中表示，希望通过上海证券交易所与纽约证券交易所的密切合作，进一步发展股票发行人与投资者之间的良好合作关系，同时为全世界的投资者架起一座投资的桥梁。

这是纽约证券交易所第一次委派高级官员参加中国 A 股上市公司的上市仪式。

面对快速发展的中国证券市场，克林顿说："你们应该为此而感到骄傲！"

7 月 1 日 11 时 40 分，上海证券交易所已经结束了上午的市场交易，可是 1600 多名红马甲没有一个人离开自己的交易席位，亚太地区最大的证券交易大厅的巨幅显示屏上不断闪现的行情被欢迎克林顿总统的横联替代。

上海市市长徐匡迪和上海证券交易所总经理屠光绍在七楼贵宾室迎候了克林顿总统。克林顿兴致勃勃地在上海证券交易所的留言本上写下了：感谢上海证券交易所给予我的热情欢迎，并为你们的未来祝福！

屠光绍总经理向克林顿总统赠送了极富特色的纪念品开市锣模型，并向他介绍了在中国传统里，鸣锣开市会给这个市场带来吉祥，所以上海证券交易所在每个新上市公司挂牌交易的第一天都要举行鸣锣开市仪式。

克林顿总统饶有兴趣地仔细观赏着这个青铜锣的模型，并幽默地说："那我每天醒来就应该敲它一下。"

当克林顿总统在徐匡迪市长和屠光绍总经理陪同下出现在七楼观光廊时，将近 4000 平方米的交易大厅被欢迎的热烈掌声所充满，全场的红马甲们纷纷挥动小型的中美国旗。

克林顿总统乘坐观光电梯来到交易大厅，同时，交易大厅里的巨大屏幕上出现了克林顿总统进入大厅的同步影像，他显得非常高兴。

在仔细听取上海证券交易所总经理屠光绍对中国证券市场几年来快速发展的情况介绍时，细心的克林顿总统向徐匡迪市长表示，没有想到在场居然有一半多是女交易员。

克林顿来到交易席位区，向交易员们详细询问了 A股和 B 股的交易情况，许多交易员用流利的英语回答了总统的提问。

当来到申银万国交易员陈展的席位旁时，克林顿总统坐了下来。陈展一边操作电脑向总统演示上海证券交易所的电子交易系统的作用和功能，一边用流利的英语做介绍。

克林顿总统充满兴趣地听着，并不断提出问题，脸上流露出一种惊讶的神情。

随后，他向徐匡迪市长和屠光绍总经理赞扬交易员们"很年轻，充满活力"。

在介绍完后，身穿 0835 号红马甲的陈展代表在场的 1600 的多位交易员向克林顿总统送了一份特殊的礼物，一件印有"1998"号码的红马甲。

克林顿欣然接过这件极具象征意义的纪念品，在身上比试了一下，高兴地说："真漂亮，我会穿它的。"

面对富有活力的交易员和充满生气的交易大厅，以及由此显示的生机勃勃的中国新兴的证券市场，在参观结束时，克林顿总统恳切地对屠光绍总经理说：

对此，你们应该感到骄傲！

中美两大市场都面临着下一个世纪的挑战，我们两大交易所的共同努力不仅有利于我们双方，而且对整个世界资本市场在下一个世纪的发展都有好处。

7 月 1 日 15 时 30 分，在克林顿总统结束访问后，随同克林顿总统一起访问上海证券交易所的美国纽约证券交易所主席兼首席执行官格拉索与上海证券交易所总经理屠光绍进行了短暂却富有建设性的会晤，就两国元首提出的增进两国证券市场之间的合作和伙伴关系、共同携手面向 21 世纪的目标，达成了两个交易所之间加强全面合作的共识。

随后，格拉索和上海证券界知名人士以及同时在上海证券交易所、纽约证券交易所挂牌的中国上市公司的负责人一起进行了座谈，出席座谈的还有部分海外券商代表。

在交谈中，格拉索表示，非常高兴能在克林顿总统访问上海证券交易所这一历史性的时刻再次来到上海证券交易所，并与中国证券界的同行见面；特别是在今天能够同时见到早在纽约证券交易所挂牌的"上海石化"，以及最新在纽约证券交易所挂牌的"兖州煤业"两家中国上市公司的老总。

格拉索指出，上海证券交易所成立 7 年多以来发展的成就为世人瞩目，浓缩了纽约证券交易所将近 70 年的发展历程。上海证券交易所与纽约证券交易所这两大市场都面临下一世纪的挑战，为此两大证券交易所必须共同努力，变得更为强大。这种强大，不仅有利于双方的自身发展，而且对整个世界资本市场在下一个世纪的发展有好处。

晚上，在上海证券交易所举行的招待酒会上，格拉

索举着酒杯再一次重复第一次来上海证券交易所时的祝愿:

> 自从去年江泽民为纽约证券交易所"鸣锣开市"后,纽约证券交易所指数迄今已经上升了25%,祝愿上海证券交易所在克林顿总统访问以后也将出现一个同样美好的前景。

中国领导人在世界政治舞台创造的中国强国形象,为新兴的中国证券市场高速发展并得到世界成熟资本市场同行的尊重,打下了坚实的基础。

正如海外媒体所评论的那样:

> 中美两国面向21世纪建设性战略伙伴关系的建立,确立了21世纪中国作为世界政治强国的地位,面对亚洲金融危机的严重威胁,中国领导人庄严承诺人民币不会乘危贬值,树立了中国面向21世纪世界经济大国的良好信誉和形象。

7月1日早晨,在前往上海证券交易所之前,克林顿总统在彼特亚大饭店大厅内举行了有600位在上海投资的美国企业界人士参加的早餐会。

早餐会上,在咖啡的浓香和热烈的掌声中,克林顿对与会者说：

　　你们的存在对中美两国的未来都很重要，对整个世界的发展也至关重要。

　　中国与美国的命运息息相关，中国的每一个成功，不仅影响中国本身的发展，而且影响两国以及全球的繁荣与稳定。

与伦敦交易所握手

1998 年 10 月 8 日，红地毯、鲜花、香槟、掌声……此刻，上海证券交易所和伦敦证券交易所联合召开的"资本市场发展国际研讨会"在上海举行。

与会的中外人士和各方来宾把目光聚集在拥有 1608 个交易席位、亚太地区最大的上海证券交易所的交易大厅上，双方谅解备忘录续签仪式在此举行。

尤为令众人关注的是，英国首相布莱尔在中英关系发展的重要阶段来到中国，在上海访问期间，专程光临上海证券交易所并出席签字仪式，这使得这一仪式更显示出非同一般的象征意义。

签字仪式上，上海证券交易所总经理屠光绍和伦敦证券交易所总裁高经谋相继回顾了自 1994 年签署谅解备忘录以来，双方所进行的多项友好合作与深入而广泛的交流，并对上海和伦敦两家交易所未来良好的合作前景给予了积极的评价和展望。

掌声响起，布莱尔致辞：

> 上海证券交易所 8 年的快速发展向世界充分展示了一个开放中国的形象，我对上海所发生的巨大变化感到惊讶和敬佩。

同时他认为，当今世界发生的金融风波表明，各金融市场应该加强合作，以维护市场正常运转。

布莱尔说：

> 两家交易所的合作，是两个国家友好的一个象征。

布莱尔还题词祝愿上海证券交易所拥有光荣的未来。

屠光绍向布莱尔赠送了一面青铜制作的开市锣，感谢首相先生为中英两国的友好合作鸣锣开道。

英国首相的讲话言简意赅，字里行间不仅为上海证券交易所与伦敦证券交易所几年来结成的伙伴关系定下了积极而又乐观的基调，而且还对中英两国在共同推进资本市场发展、加强合作的潜力表示了肯定。

从这一天起，上海证券交易所与伦敦证券交易所的合作掀开了新的一页。

伦敦证券交易所的历史可以追溯到 17 世纪。那时，希望投资和融资的人们开始买卖股份公司的股票。

1773 年，股票交易所成立。

此后，证券交易所的迅速发展在英国的工业化过程中发挥了重要作用。至 19 世纪，全英国共有 20 多家证三六九等交易所。一个世纪后，股票交易所实行了大合并。

1986 年和 1997 年 10 月，伦敦证券交易所进行了两次大变革，在交易方式、信息披露、技术手段、监管、透明度等方面做了比较彻底的改进，在世界上占据了领先水平，并成为世界上最大的国际证券交易市场。

1998年，除了2136家本国企业外，还有530余家海外公司在此上市和交易，其数目超过了世界上任何一个证券交易所。

伦敦证券交易所的外国股票交易量近乎其国内交易的两倍，超过了所有其他交易所的总和。1997年，其外国股票交易额达7220亿英镑，占世界同类股票交易总额的近60%。

由于具备公认的专业优势、便利的时区时差、相对宽松的监管和税务制度，长期以来，那些基础好的海外大公司一直视伦敦证券交易所为其重要的第二上市市场。

以前基于传统而看好东京和香港交易所的东南亚公司，也开始通过伦敦证券交易所融资，取得了良好效果。伦敦证券交易所具有的私有化经验，令许多驻扎在伦敦的投资银行成为领头雁，帮助了一些来自东欧和亚洲国家的国有企业在该地上市。

随着中国改革开放进程的进一步加快，伦敦证券交易所与中国的合作也在20世纪90年代初现端倪。

1994年3月，伦敦证券交易所和上海证券交易所签署了谅解备忘录。

1996年10月，伦敦证券交易所分别与上海证券交易所和深圳证券交易所签订了合作意向书，并与中国证监委签署了备忘录，为中国公司在伦敦发行证券和上市铺平了道路。

1994 年以来，上海证券交易所与伦敦证券交易所在谅解备忘录的基础上进行了多项合作与交流，不仅实现了双方高层领导的互访，而且还互派高级管理人员、专业人员就证券监管、上市公司监管、证券品种等业务做了深入而广泛的交流；同时还就两地上市、会员管理等问题进行了大量卓有成效的合作，积累了许多有益的经验。

1997 年，东南亚金融危机突然间爆发了。

顷刻间，这场危机震荡了亚洲，波及欧美，一下子危及全球的金融市场乃至世界经济，使亿万资财倾荡而尽，使富豪沦为赤贫，使世界经济分崩离析。

人们惊叹道："这仅仅是开始，我们现在所看到的一切，只不过是烟花燃放前的几个小鞭炮而已。"

与两年前对亚洲经济一片赞扬声相反，全世界开始以紧张和惋惜的心情关注着东南亚局势的发展：东亚奇迹是否真的就从此消失了？这场金融风暴的边界在哪里？恶魔何时梦醒？世界是否染上了"金融病毒"？

像欧洲货币危机和墨西哥金融危机那两次世界性重要事件一样，发生在中国自家门口的这场危机，无疑使上海证券交易学会了许多新东西。

在金融市场一体化、资金流动全球化、资讯技术高度发达，使得国际资本在全球范围内高速流动的今天，世界上并没有"安定的绿洲"。

各国经济的健康发展是由一些更深刻、更高层次和更大范围的因素决定的。对"金融病毒"认识不清，防范不力，足以将一国经济闹得天翻地覆。

要阻止"金融病毒"的泛滥，除了需要各国采取审慎的经济发展套路，适时调整产业结构，健全资本市场监管职能，打击金融投机外，更仰赖发达国家和发展中国家的共同努力，建立根除"病毒"的协调行动和联合防范机制。

作为一个发展中国家，中国为缓解这场金融危机和稳定世界经济作出了自己的贡献，发挥了应有的作用。

同时，总体经济保持了一定速度的增长，作为资本市场重要组成部分的证券市场也有了快速的发展。

就上海证券市场来说，作为亚太新兴市场的一员，它在过去近 8 年的时间里服务于国民经济增长和国有企业改革，并成为中国证券业发展与上海金融中心和要素市场建设的重要组成部分和助推器。

证券市场规模不断扩大，市场功能日益得到有效发挥；在制度创新方面，逐步构建了既讲求效率、又重视防范风险的适合中国国情的运行机制。

上海证交所总经理屠光绍认为，上海证券市场能够在这么短的时间内实现迅速发展，主要依赖两个条件：

一是靠中国经济的持续稳定发展，靠国有

企业改革的历史机遇，靠政府支持证券市场发展的政策。

二是靠注重与海外证券市场的交流与合作，注重学习和借鉴发达国家和地区证券市场发展的经验与教训，注重汲取海外证券业同行在市场制度上、技术上、操作上的先进之处。

其中，伦敦证券交易所与英国金融界同行丰富的经验积累和高超的专业素养令上海证交所获益匪浅。

成功的市场操作往往离不开经验的借鉴昭示。

伦敦证券交易所以其高度流通的金融市场、实力雄厚的投资资本，以及高效率而透明的交易信息和价格体系闻名于世。更重要的一点，伦敦证券交易所以一种敏锐的国际眼光和前瞻的全球胸怀接纳来自世界各个角落的投资者。

作为发达国家代表的英国和作为发展中国家的中国进行友好合作带来的利益是对等的。

发达国家有形或无形资本为寻求高回报或为了保持比较竞争优势，势必会把目光从那些利润报酬率平稳的成熟市场转向成长性极佳的新兴市场，作为具有悠久历史的伦敦证券交易所转为与上海证券交易所的合作。

这既为中国证券市场健康、有效地发展提供了有益的经验，同时也在为其进入世界最大的新兴证券市场谋求更大的利益，提供了机会。

　　而作为证券市场的后起之秀，上海证券交易所积极开展与伦敦证券交易所的合作，借鉴其适合中国国情的有用技术和管理经验，也是明智之举。

　　在国际经济金融市场动荡不定、前途叵测、地区风险和系统风险尚未完全消解的形势下，双方的相互合作和交流也显得更为必要和紧迫。

　　在人类社会即将跨入 21 世纪之际，国际经济和金融市场格局正在或将要发生重大改变，跨国资本总量在迅速增长的同时，吸引资本流入的内外部条件将更为苛刻，竞争也会变得更为激烈。

　　一个重要的信号就是 1999 年 1 月欧元的正式启动。欧洲金融机构和企业环境发生变化，美元和欧元争夺国际金融市场是一个不争的事实。

　　在欧洲向第一货币迈出实质性的步伐以后，欧洲的股票交易所也在为这一变革做准备，试图结成自己的联盟。

　　德国、法国和瑞士的交易所进行了合作，建立了一个电子系统，它们还与意大利和西班牙的同行商谈此事。

　　荷兰、比利时和卢森堡的交易所也在创建它们的联盟。丹麦和瑞典则在建立第三集团。

　　伦敦证券交易所在自成一体的前提下，欲与法兰克福证券交易所建立战略合作伙伴关系。为了不让证券业务流向他国，伦敦证券交易所积极进行了战略筹划，为迎接 21 世纪的挑战打下了坚实的基础。

伦敦证券交易所总裁高经谋在此间召开的研讨会上坦言，伦敦证券交易所"成功的要素"在于透明度高而且流动性强的价格和信息系统、健全的监管体系、金融产品的不断开发与创新等诸方面。正是满足了上述要求，伦敦证券交易所才在世界金融市场占有重要的一席。

在"资本市场发展国际研讨会"上，来自中英两国金融机构证券商高层决策者和专家，围绕着交易所的监管、责任和发展，以及市场参与各方促进证券市场这两大主题各抒己见。

同时，双方均表示了继续扩大合作的强烈愿望。

这为中英两国证券市场携手共进，共同面对新世纪的机遇和挑战奠定了基础，积极地促进了两个市场、两个金融中心和两国经济的共同发展与繁荣。

高经谋将这些合作概括为市场的开拓、产品的开发、人才的培训、人员的交换、企业的上市等方面。

变幻不定的世界经济使得工业发达国家方面在捍卫国家利益的前提下，进一步加紧了它们之间的经济协调步伐。

同时，工业发达与新兴市场国家和发展中国家的对话也渐趋频繁，建立合作或伙伴关系的要求也变得日益强烈起来。

不论是继续扩大合作，还是建立伙伴关系，明眼人都看得很清楚：

　　上海证券交易所与伦敦证券交易所合作的谅解备忘录续签，标志着伦敦证券交易所这个历史悠久而依然极富竞争力的世界金融中心，与上海这个充满活力而最具发展潜力的中国金融中心将继续并肩奋斗，共同迎接新世纪的挑战。

本书主要参考资料

《中国股市：轮回中的涅槃》何诚颖等著 中国财政
    经济出版社

《看懂股市新闻》袁克成著 北京机械工业出版社

《我的提款机：中国股市》周佛郎 沉辛著 地震出
    版社

《第一要务：战胜股市风险》海天编著 中国科学技
    术出版社

《大熊市：我们如何取暖》李文勇 吴行达编著 经济
    管理出版社

《中国股市异象研究：基于行为金融视角》孔东民著
    华中科技大学出版社

《基于分形分析的我国股市波动性研究》曹广喜著
    经济科学出版社

《红马甲与黄马甲——上海证券交易所》孙大淳编
    中国金融出版社